Joris-Karl Huysmans

Sac au dos

suivi de

À vau l'eau

Gallimard

Charles-Marie-Georges Huysmans naît à Paris le 5 février 1848. Son père, hollandais, est peintre-miniaturiste et spécialiste d'images religieuses ; il meurt quand son fils n'a que huit ans. Sa mère se remarie l'année suivante avec un homme d'affaires protestant. Après son baccalauréat, Huysmans est engagé au ministère de l'Intérieur où il fera toute sa carrière. Il fait en même temps des études de droit et de lettres. En 1870, il est enrôlé dans la Garde nationale mobile de la Seine, mais souffrant de dysentrie, il va d'hôpital en hôpital. Cette expérience lui inspirera *Sac au dos*. Il est ensuite affecté au ministère de la Guerre. Son premier recueil de poèmes, *Le Drageoir aux épices*, paraît à compte d'auteur en 1874 sous le nom de Joris-Karl Huysmans. Il commence à collaborer à différentes revues littéraires. Lorsque sa mère meurt en 1876, il est nommé tuteur de ses jeunes sœurs et obtient sa mutation au ministère de l'Intérieur. La même année, il publie, en Belgique pour éviter la censure, un roman d'inspiration naturaliste, *Marthe, histoire d'une fille*. Il se lie avec Zola, les frères Goncourt et Flaubert, Maupassant... En 1880, paraît *Les Soirées de Médan* avec la version définitive de *Sac au dos*. Les parutions se succèdent : la nouvelle *À vau l'eau*, d'abord intitulée *Monsieur Folantin*, en 1882 ; deux ans plus tard, *À rebours*, considéré comme la bible de l'esprit décadent et de la « charogne » 1900, *En rade* en 1887... Huysmans entreprend des recherches sur le satanisme, il visite le château de Gilles de Rais et s'intéresse aux milieux occultistes. *Là-bas* paraît en feuilleton en 1891 : Gilles de Rais y mène le bal par l'intermédiaire d'un historien, Durtal, assoiffé de surnaturel et dont l'initiation sera faite par l'épouse hystérique et perverse d'un grand écrivain catholique. De plus en plus tourmenté et en proie à des crises religieuses, Huysmans participe à des séances de spiritisme, séjourne à la Trappe et va d'église en église. En 1893, sa maîtresse, Anne Meunier, est internée — elle meurt en 1895 à Sainte-Anne. *En route*, histoire d'un écrivain et de son retour à la religion catholique, paraît quelques jours plus tard. À partir de 1900, il commence à ressentir les premiers symptômes du cancer de la gorge qui le tuera. Il continue à écrire, s'investit de plus en plus dans le catholicisme et, en 1901, devient « frère Jean ». Le 12 mai 1907, Huysmans meurt après avoir passé ces derniers jours à mettre en ordre papiers et manuscrits. Il est enterré au cimetière Montparnasse, revêtu de l'habit noir des oblats.

Tour à tour décadent et mystique, esthète et romancier inclassable, Joris-Karl Huysmans s'est imposé comme un écrivain de l'ennui et du désespoir.

Lisez ou relisez les livres de Joris-Karl Huysmans en Folio :

À REBOURS (Folio classique n° 898)

EN RADE (Folio classique n° 1609)

LÀ-BAS (Folio classique n° 1681)

EN ROUTE (Folio classique n° 2878)

LA CATHÉDRALE (Folio classique n° 6397)

SAC AU DOS

Aussitôt que j'eus achevé mes études, mes parents jugèrent utile de me faire comparoir devant une table habillée de drap vert et surmontée de bustes de vieux messieurs qui s'inquiétèrent de savoir si j'avais appris assez de langue morte pour être promu au grade de bachelier.

L'épreuve fut satisfaisante. — Un dîner où tout l'arrière-ban de ma famille fut convoqué, célébra mes succès, s'inquiéta de mon avenir, et résolut enfin que je ferais mon droit.

Je passai tant bien que mal le premier examen et je mangeai l'argent de mes inscriptions de deuxième année avec une blonde qui prétendait avoir de l'affection pour moi, à certaines heures.

Je fréquentai assidûment le Quartier latin et j'y appris beaucoup de choses, entre autres à m'intéresser à des étudiants qui crachaient, tous les soirs, dans des bocks, leurs idées sur la politique, puis à goûter aux œuvres de George Sand et de Heine, d'Edgard Quinet et d'Henri Murger.

La puberté de la sottise m'était venue.

Cela dura bien un an ; je mûrissais peu à peu, les luttes électorales de la fin de l'Empire me laissèrent froid ; je n'étais le fils ni d'un sénateur ni d'un proscrit, je n'avais qu'à suivre sous n'importe quel régime les traditions de médiocrité et de misère depuis longtemps adoptées par ma famille.

Le droit ne me plaisait guère. Je pensais que le Code avait été mal rédigé exprès pour fournir à certaines gens l'occasion d'ergoter, à perte de vue, sur ses moindres mots ; aujourd'hui encore, il me semble qu'une phrase clairement écrite ne peut raisonnablement comporter des interprétations aussi diverses.

Je me sondais, cherchant un état que je pusse embrasser sans trop de dégoût, quand feu l'Empereur m'en trouva un ; il me fit soldat de par la maladresse de sa politique.

La guerre avec la Prusse éclata. À vrai dire, je ne compris pas les motifs qui rendaient nécessaires ces boucheries d'armées. Je n'éprouvais ni le besoin de tuer les autres ni celui de me faire tuer par eux. Quoi qu'il en fût, incorporé dans la garde mobile de la Seine, je reçus l'ordre, après être allé chercher une vêture et des godillots, de passer chez un perruquier et de me trouver à sept heures du soir à la caserne de la rue de Lourcine.

Je fus exact au rendez-vous. Après l'appel des noms, une partie du régiment se jeta sur les portes et emplit la rue. Alors la chaussée houla et les zincs furent pleins.

Pressés les uns contre les autres, des ouvriers en sarrau, des ouvrières en haillons, des soldats sanglés et guêtrés, sans armes, scandaient, avec le cliquetis des verres, la *Marseillaise* qu'ils s'époumonaient à chanter faux. Coiffés de képis d'une profondeur incroyable et ornés de visières d'aveugles et de cocardes tricolores en fer-blanc, affublés d'une jaquette d'un bleu-noir avec col et parements garance, culottes d'un pantalon bleu de lin traversé d'une bande rouge, les mobiles de la Seine hurlaient à la lune avant que d'aller faire la conquête de la Prusse. C'était un hourvari assourdissant chez les mastroquets, un vacarme de verres, de bidons, de cris, coupé, çà et là, par le grincement des fenêtres que le vent battait. Soudain un roulement de tambour couvrit toutes ces clameurs. Une nouvelle colonne sortait de la caserne ; alors ce fut une noce, une godaille indescriptible. Ceux des soldats qui buvaient dans les boutiques s'élancèrent dehors, suivis de leurs parents et de leurs amis qui se disputaient l'honneur de porter leur sac ; les rangs étaient rompus, c'était un pêle-mêle de militaires et de bourgeois ; des mères pleuraient, des pères plus calmes suaient le vin, des enfants sautaient de joie et braillaient, de toute leur voix aiguë, des chansons patriotiques !

On traversa tout Paris à la débandade, à la lueur des éclairs qui flagellaient de blancs zig-zags les nuages en tumulte. La chaleur était écrasante, le sac était lourd, on buvait à chaque coin de rue ; on arriva enfin à la gare d'Aubervilliers. Il y eut un moment de silence rompu par des bruits de sanglots, dominés encore par une hurlée de *Marseillaise*, puis on nous empila comme des bestiaux dans des wagons. « Bonsoir, Jules, à bientôt ! sois raisonnable ! écris-moi surtout ! » — On se serra la main une dernière fois, le train siffla, nous avions quitté la gare.

Nous étions bien une pelletée de cinquante hommes dans la boîte qui nous roulait. Quelques-uns pleuraient à grosses gouttes, hués par d'autres qui, soûls perdus, plantaient des chandelles allumées dans leur pain de munition et gueulaient à tue-tête : « À bas Badinguet et vive Rochefort ! » Plusieurs, à l'écart dans un coin, regardaient, silencieux et mornes, le plancher qui trépidait dans la poussière. Tout à coup le convoi fait halte, — je descends. — Nuit complète, — minuit vingt-cinq minutes.

De tous côtés, s'étendent des champs, et au loin, éclairés par les feux saccadés des éclairs, une maisonnette, un arbre, dessinent leur silhouette sur un ciel gonflé d'orage. On n'entend que le grondement de la machine dont les gerbes d'étincelles filant du tuyau s'éparpillent comme un bouquet d'artifice le long du train. Tout le monde descend, remonte jusqu'à la locomotive qui grandit dans la nuit et devient immense. L'arrêt dura bien deux heures. Les disques flambaient rouges, le mécanicien attendait qu'ils tournassent. Ils redevinrent blancs ; nous remontons dans les wagons, mais un homme qui arrive en courant et en agitant une lanterne, dit quelques mots au conducteur qui recule tout de suite jusqu'à une voie de garage où nous reprenons notre immobilité. Nous ne savions, ni les uns ni les autres, où nous étions. Je redescends de voiture et, assis sur un talus, je grignotais un morceau de pain et buvais un coup, quand un vacarme d'ouragan souffla au loin, s'approcha, hurlant et crachant des flammes, et un interminable train d'artillerie passa à toute vapeur, charriant des chevaux, des hommes, des canons dont les cous de bronze étincelaient dans un tumulte de lumières. Cinq minutes après, nous reprîmes notre marche lente, interrompue par des haltes de plus en plus longues. Le jour finit par se lever et, penché à la portière du wagon, fatigué par les secousses de la nuit, je regarde la campagne qui nous environne : une enfilade de plaines crayeuses et, fermant l'horizon, une bande d'un vert pâle comme celui des turquoises malades, un pays plat, triste, grêle, la Champagne pouilleuse !

Peu à peu le soleil s'allume, nous roulions toujours ; nous finîmes pourtant bien par arriver ! Partis le soir à huit heures, nous étions rendus

le lendemain à trois heures de l'après-midi à
Châlons. Deux mobiles étaient restés en route,
l'un qui avait piqué une tête du haut d'un wagon
dans une rivière ; l'autre qui s'était brisé la tête
au rebord d'un pont. Le reste, après avoir pillé
les cahutes et les jardins rencontrés sur la route,
aux stations du train, bâillait, les lèvres bouffies
de vin et les yeux gros, ou bien jouait, se jetant
d'un bout de la voiture à l'autre des tiges d'ar-
bustes et des cages à poulets qu'ils avaient volées.

Le débarquement s'opéra avec le même ordre
que le départ. Rien n'était prêt : ni cantine, ni
paille, ni manteaux, ni armes, rien, absolument
rien. Des tentes seulement pleines de fumier et
de poux, quittées à l'instant par des troupes parties à la frontière. Trois jours durant, nous
vécûmes au hasard de Mourmelon, mangeant
un cervelas un jour, buvant un bol de café au lait
un autre, exploités à outrance par les habitants,
couchant n'importe comment, sans paille et
sans couverture. Tout cela n'était vraiment pas
fait pour nous engager à prendre goût au métier
qu'on nous infligeait.

Une fois installées, les compagnies se scindè-
rent ; les ouvriers s'en furent dans les tentes
habitées par leurs semblables, et les bourgeois
firent de même. La tente où je me trouvais
n'était pas mal composée, car nous étions par-
venus à expulser, à la force des litres, deux
gaillards dont la puanteur de pieds native s'ag-
gravait d'une incurie prolongée et volontaire.

Un jour ou deux s'écoulent ; on nous faisait monter la garde avec des piquets, nous buvions beaucoup d'eau-de-vie, et les claquedents de Mourmelon étaient sans cesse pleins, quand subitement Canrobert nous passe en revue sur le front de bandière. Je le vois encore, sur un grand cheval, courbé en deux sur la selle, les cheveux au vent, les moustaches cirées dans un visage blême. Une révolte éclate. Privés de tout, et mal convaincus par ce maréchal que nous ne manquions de rien, nous beuglâmes en chœur, lorsqu'il parla de réprimer par la force nos plaintes : « Ran, plan, plan ! cent mille hommes par terre, à Paris ! à Paris ! »

Canrobert devint livide et il cria, en plantant son cheval au milieu de nous : « Chapeau bas devant un maréchal de France ! » De nouvelles huées partirent des rangs ; alors tournant bride, suivi de son état-major en déroute, il nous menaça du doigt, sifflant entre ses dents serrées : « Vous me le payerez cher, messieurs les Parisiens ! »

Deux jours après cet épisode, l'eau glaciale du camp me rendit tellement malade que je dus entrer d'urgence à l'hôpital. Je boucle mon sac après la visite du médecin, et sous la garde d'un caporal me voilà parti clopin-clopant, traînant la jambe et suant sous mon harnais. L'hôpital regorgeait de monde, on me renvoie. Je vais alors à l'une des ambulances les plus voisines, un lit restait vide, je suis admis. Je dépose enfin mon

sac, et en attendant que le major m'interdise de
bouger, je vais me promener dans le petit jardin
qui relie le corps des bâtiments. Soudain surgit
d'une porte un homme à la barbe hérissée et
aux yeux glauques. Il plante ses mains dans les
poches d'une longue robe couleur de cachou et
me crie du plus loin qu'il m'aperçoit :

— Eh ! l'homme ! qu'est-ce que vous foutez
là ?

Je m'approche, je lui explique le motif qui
m'amène. Il secoue les bras et hurle :

— Rentrez ! vous n'aurez le droit de vous promener dans le jardin que lorsqu'on vous aura
donné un costume.

Je rentre dans la salle, un infirmier arrive et
m'apporte une capote, un pantalon, des savates
et un bonnet. Je me regarde ainsi fagoté dans
ma petite glace. Quelle figure et quel accoutre-
ment, bon Dieu ! avec mes yeux culottés et mon
teint hâve, avec mes cheveux coupés ras et mon
nez dont les bosses luisent, avec ma grande robe
gris-souris, ma culotte d'un roux pisseux, mes
savates immenses et sans talons, mon bonnet de
coton gigantesque, je suis prodigieusement laid.
Je ne puis m'empêcher de rire. Je tourne la tête
du côté de mon voisin de lit, un grand garçon
au type juif, qui crayonne mon portrait sur un
calepin. Nous devenons tout de suite amis ; je lui
dis m'appeler Eugène Lejantel, il me répond se
nommer Francis Émonot. Nous connaissons
l'un et l'autre tel et tel peintre, nous entamons

des discussions d'esthétique et oublions nos infortunes. Le soir arrive, on nous distribue un plat de bouilli perlé de noir par quelques lentilles, on nous verse à pleins verres du coco clairet et je me déshabille, ravi de m'étendre dans un lit sans garder mes hardes et mes bottes.

Le lendemain matin je suis réveillé vers six heures par un grand fracas de porte et par des éclats de voix. Je me mets sur mon séant, je me frotte les yeux et j'aperçois le monsieur de la veille, toujours vêtu de sa houppelande couleur de cachou, qui s'avance majestueux, suivi d'un cortège d'infirmiers. C'était le major.

À peine entré, il roule de droite à gauche et de gauche à droite ses yeux d'un vert morne, enfonce ses mains dans ses poches et braille :

— Numéro 1, montre ta jambe... ta sale jambe. Eh! elle va mal, cette jambe, cette plaie coule comme une fontaine ; lotion d'eau blanche, charpie, demi-ration, bonne tisane de réglisse.

— Numéro 2, montre ta gorge... ta sale gorge. Elle va de plus en plus mal, cette gorge ; on lui coupera demain les amygdales.

— Mais, docteur...

— Eh! je ne te demande rien, à toi ; si tu dis un mot, je te fous à la diète.

— Mais enfin...

— Vous foutrez cet homme à la diète. Écrivez : diète, gargarisme, bonne tisane de réglisse.

Il passa ainsi la revue des malades, prescrivant

à tous, vénériens et blessés, fiévreux et dysenté-
riques, sa bonne tisane de réglisse.

Il arriva devant moi, me dévisagea, m'arracha
les couvertures, me bourra le ventre de coups de
poing, m'ordonna de l'eau albuminée, l'inévitable tisane et sortit, reniflant et traînant les
pieds.

La vie était difficile avec les gens qui nous
entouraient. Nous étions vingt et un dans la
chambrée. À ma gauche couchait mon ami, le
peintre, à ma droite un grand diable de clairon,
grêlé comme un dé à coudre et jaune comme
un verre de bile. Il cumulait deux professions,
celle de savetier pendant le jour et celle de sou-
teneur de filles pendant la nuit. C'était, au
demeurant, un garçon cocasse, qui gambadait
sur la tête, sur les mains, vous racontant le plus
naïvement du monde la façon dont il activait à
coups de souliers le travail de ses marmites, ou
bien qui entonnait d'une voix touchante des
chansons sentimentales :

> *Je n'ai gardé dans mon malheur-heur,*
> *Que l'amitié d'une hirondelle !*

Je conquis ses bonnes grâces en lui donnant
vingt sous pour acheter un litre, et bien nous
prit de n'être pas mal avec lui, car le reste de la
chambrée, composée en partie de procureurs
de la rue Maubuée, était fort disposé à nous
chercher noise.

Un soir, entre autres, le 15 août, Francis Émonot menaça de gifler deux hommes qui lui avaient pris une serviette. Ce fut un charivari formidable dans le dortoir. Les injures pleuvaient, nous étions traités de « roule-en-cul » et de « duchesses ». Étant deux contre dix-neuf, nous avions la chance de recevoir une soigneuse raclée quand le clairon intervint, prit à part les plus acharnés, les amadoua et fit rendre l'objet volé. Pour fêter la réconciliation qui suivit cette scène, Francis et moi nous donnâmes trois francs chacun, et il fut entendu que le clairon, avec l'aide de ses camarades, tâcherait de se faufiler au dehors de l'ambulance et rapporterait de la viande et du vin.

La lumière avait disparu à la fenêtre du major, le pharmacien éteignit enfin la sienne, nous rampons en dehors du fourré, examinons les alentours, prévenons les hommes qui se glissent le long des murs, ne rencontrent pas de sentinelles sur leur route, se font la courte échelle et sautent dans la campagne. Une heure après ils étaient de retour, chargés de victuailles ; ils nous les passent, rentrent avec nous dans le dortoir ; nous supprimons les deux veilleuses, allumons des bouts de bougie par terre, et autour de mon lit, en chemise, nous formons le cercle. Nous avions absorbé trois ou quatre litres et dépecé la bonne moitié d'un gigotin, quand un énorme bruit de bottes se fait entendre ; je souffle les bouts de bougie à coups de savate, chacun se sauve sous les lits. La porte s'ouvre, le major paraît, pousse un formidable « Nom de Dieu ! », trébuche dans l'obscurité, sort et revient avec un falot et l'inévitable cortège des infirmiers. Je profite du moment de répit pour faire disparaître les reliefs du festin ; le major traverse au pas accéléré le dortoir, sacrant, menaçant de nous faire tous empoigner et coller au bloc.

Nous nous tordons de rire sous nos couvertures, des fanfares éclatent à l'autre bout du dortoir. Le major nous met tous à la diète, puis il s'en va, nous prévenant que nous connaîtrons dans quelques instants le bois dont il se chauffe.

Une fois parti nous nous esclaffons à qui mieux mieux ; des roulements, des fusées de rire grondent et pétillent ; le clairon fait la roue dans le dortoir, un de ses amis lui fait vis-à-vis, un troisième saute sur sa couche comme sur un tremplin et bondit et rebondit, les bras flottants, la chemise envolée ; son voisin entame un cancan triomphal ; le major rentre brusquement, ordonne à quatre lignards qu'il amène d'empoigner les danseurs et nous annonce qu'il va rédiger un rapport et l'envoyer à qui de droit.

Le calme est enfin rétabli ; le lendemain nous faisons acheter des mangeailles par les infirmiers. Les jours s'écoulent sans autres incidents. Nous commencions à crever d'ennui dans cette ambulance, quand à cinq heures, un jour, le médecin se précipite dans la salle, nous ordonne de reprendre nos vêtements de troupier et de boucler nos sacs.

Nous apprenons, dix minutes après, que les Prussiens marchent sur Châlons.

Une morne stupeur règne dans la chambrée. Jusque-là nous ne nous doutions pas des événements qui se passaient. Nous avions appris la trop célèbre victoire de Sarrebruck, nous ne nous attendions pas aux revers qui nous accablaient. Le major examine chaque homme ; aucun n'est guéri, tout le monde a été trop longtemps gorgé d'eau de réglisse et privé de soins. Il renvoie néanmoins dans leurs corps les moins malades et il ordonne aux autres de coucher tout habillés et le sac prêt.

Francis et moi nous étions au nombre de ces derniers. La journée se passe, la nuit se passe, rien, mais j'ai toujours la colique et je souffre ; enfin vers neuf heures du matin apparaît une longue file de cacolets conduits par des tringlots. Nous grimpons à deux sur l'appareil. Francis et moi nous étions hissés sur le même mulet ; seulement, comme le peintre était très gras et moi très maigre, le système bascula : je montai dans les airs tandis qu'il descendait en bas sous la panse de la bête qui, tirée par-devant, poussée par-derrière, gigota et rua furieusement. Nous courions dans un tourbillon de poussière, aveuglés, ahuris, secoués, nous cramponnant à la barre du cacolet, fermant les yeux, riant et geignant. Nous arrivâmes à Châlons plus morts que

vifs ; nous tombâmes comme un bétail harassé
sur le sable, puis on nous empila dans les wagons
et nous quittâmes la ville pour aller où ?... personne ne le savait.

Il faisait nuit ; nous volions sur les rails. Les
malades étaient sortis des wagons et se prome-
naient sur les plates-formes. La machine siffle,
ralentit son vol et s'arrête dans une gare, celle
de Reims, je suppose, mais je ne pourrais l'af-
firmer. Nous mourions de faim, l'Intendance
n'avait oublié qu'une chose : nous donner un
pain pour la route. Je descends et j'aperçois un
buffet ouvert. J'y cours, mais d'autres m'avaient
devancé. On se battait alors que j'y arrivai. Les
uns s'emparaient de bouteilles, les autres de
viandes, ceux-ci de pain, ceux-là de cigares.
Affolé, furieux, le restaurateur défendait sa boutique à coups de broc. Poussé par leurs camarades qui venaient en bande, le premier rang
des mobiles se rue sur le comptoir qui s'abat,
entraînant dans sa chute le patron du buffet et
ses garçons. Ce fut alors un pillage réglé ; tout y
passa, depuis les allumettes jusqu'aux cure-
dents. Pendant ce temps une cloche sonne et le
train part. Aucun de nous ne se dérange, et, tandis qu'assis sur la chaussée, j'explique au peintre
que ses bronches travaillent, la contexture du
sonnet, le train recule sur ses rails pour nous
chercher.

Nous remontons dans nos compartiments, et
nous passons la revue du butin conquis. À vrai

dire, les mets étaient peu variés : de la charcuterie, et rien que de la charcuterie ! Nous avions
six rouelles de cervelas à l'ail, une langue écarlate, deux saucissons, une superbe tranche de
mortadelle, une tranche au liséré d'argent,
aux chairs d'un rouge sombre marbrées de
blanc, quatre litres de vin, une demi-bouteille de
cognac et des bouts de bougie. Nous fichâmes
les lumignons dans le col de nos gourdes qui se
balancèrent, retenues aux parois du wagon par
des ficelles. C'était, par instants, quand le train
sautait sur les aiguilles des embranchements,
une pluie de gouttes chaudes qui se figeaient
presque aussitôt en de larges plaques, mais nos
habits en avaient vu bien d'autres !

Nous commençâmes immédiatement le repas
qu'interrompaient les allées et venues de ceux
des mobiles qui, courant sur les marchepieds,
tout le long du train, venaient frapper au carreau et nous demandaient à boire. Nous chantions à tue-tête, nous buvions, nous trinquions ;
jamais malades ne firent autant de bruit et ne
gambadèrent ainsi sur un train en marche ! On
eût dit d'une cour des Miracles roulante ; les
estropiés sautaient à pieds joints, ceux dont les
intestins brûlaient les arrosaient de lampées de
cognac, les borgnes ouvraient les yeux, les fiévreux cabriolaient, les gorges malades beuglaient et pintaient, c'était inouï !

Cette turbulence finit cependant par se calmer. Je profite de cet apaisement pour passer le

nez à la fenêtre. Il n'y avait pas une étoile, pas
même un bout de lune, le ciel et la terre ne semblaient faire qu'un, et dans cette intensité d'un
noir d'encre clignotaient, comme des yeux de
couleurs différentes des lanternes attachées à la
tôle des disques. Le mécanicien jetait ses coups
de sifflet, la machine fumait et vomissait sans
relâche des flammèches. Je referme le carreau
et je regarde mes compagnons. Les uns ron-
flaient ; les autres, gênés par les cahots du coffre,
ronchonnaient et juraient, se retournant sans
cesse, cherchant une place pour étendre leurs
jambes, pour caler leur tête qui vacillait à
chaque secousse.

À force de les regarder, je commençais à m'as-
soupir, quand l'arrêt complet du train me
réveilla. Nous étions dans une gare, et le bureau
du chef flamboyait comme un feu de forge
dans la sombreur de la nuit. J'avais une jambe
engourdie, je frissonnais de froid, je descends
pour me réchauffer un peu. Je me promène de
long en large sur la chaussée, je vais regarder la
machine que l'on dételle et que l'on remplace
par une autre, et, longeant le bureau, j'écoute
la sonnerie et le tic-tac du télégraphe. L'employé, me tournant le dos, était un peu penché
sur la droite, de sorte que, du point où j'étais
placé, je ne voyais que le derrière de sa tête et
le bout de son nez qui brillait, rose et perlé de
sueur, tandis que le reste de la figure disparais-

sait dans l'ombre que projetait l'abat-jour d'un bec de gaz.

On m'invite à remonter en voiture, et je retrouve mes camarades tels que je les ai laissés. Cette fois, je m'endors pour tout de bon. Depuis combien de temps mon sommeil durait-il ? Je ne sais, quand un grand cri me réveille : « Paris ! Paris ! » Je me précipite à la portière. Au loin, sur une bande d'or pâle se détachent, en noir, des tuyaux de fabriques et d'usines. Nous étions à Saint-Denis ; la nouvelle court de wagon en wagon. Tout le monde est sur pied. La machine accélère le pas. La gare du Nord se dessine au loin, nous y arrivons, nous descendons, nous nous jetons sur les portes, une partie d'entre nous parvient à s'échapper, l'autre est arrêtée par les employés du chemin de fer et par les troupes, on nous fait remonter de force dans un train qui chauffe, et nous revoilà partis Dieu sait pour où !

Nous roulons derechef, toute la journée. Je suis las de regarder ces ribambelles de maisons et d'arbres qui filent devant mes yeux, et puis j'ai toujours la colique et je souffre. Vers quatre heures de l'après-midi, la machine ralentit son essor et s'arrête dans un débarcadère où nous attendait un vieux général autour duquel s'ébattait une volée de jeunes gens, coiffés de képis roses, culottés de rouge et chaussés de bottes à éperons jaunes. Le général nous passe en revue et nous divise en deux escouades ; l'une part

pour le séminaire, l'autre est dirigée sur l'hôpital. Nous sommes, paraît-il, à Arras. Francis
et moi, nous faisions partie de la première
escouade. On nous hisse sur des charrettes bourrées de paille, et nous arrivons devant un grand
bâtiment qui farde et semble vouloir s'abattre
dans la rue. Nous montons au deuxième étage,
dans une pièce qui contient une trentaine de
lits ; chacun déboucle son sac, se peigne et s'assied. Un médecin arrive.

— Qu'avez-vous ? dit-il au premier.

— Un anthrax.

— Ah ! Et vous ?

— Une dysenterie.

— Ah ! Et vous ?

— Un bubon.

— Mais alors vous n'avez pas été blessés pendant la guerre ?

— Pas le moins du monde.

— Eh bien ! vous pouvez reprendre vos sacs.
L'archevêque ne donne les lits des séminaristes
qu'aux blessés.

Je remets dans mon sac les bibelots que j'en
avais tirés, et nous repartons, cahin-caha, pour
l'hospice de la ville. Il n'y avait plus de place. En
vain les sœurs s'ingénient à rapprocher les lits
de fer, les salles sont pleines. Fatigué de toutes
ces lenteurs, j'empoigne un matelas, Francis en
prend un autre, et nous allons nous étendre
dans le jardin, sur une grande pelouse.

Le lendemain matin, je cause avec le direc-

teur, un homme affable et charmant. Je lui
demande pour le peintre et pour moi la permission de sortir dans la ville. Il y consent, la
porte s'ouvre, nous sommes libres ! nous allons
enfin déjeuner ! manger de la vraie viande, boire
du vrai vin ! Ah ! nous n'hésitons pas, nous allons
au plus bel hôtel de la ville. On nous sert un suc-
culent repas. Il y a des fleurs sur la table, de
magnifiques bouquets de roses et de fuchsias qui
s'épanouissent dans des cornets de verre ! Le
garçon nous apporte une entrecôte qui saigne
dans un lac de beurre ; le soleil se met de la fête,
fait étinceler les couverts et les lames des couteaux, blute sa poudre d'or au travers des
carafes, et, lutinant le pommard qui se balance
doucement dans les verres, pique d'une étoile
sanglante la nappe damassée.

Ô sainte joie des bâfres ! j'ai la bouche pleine,
et Francis est soûl ! Le fumet des rôtis se mêle
au parfum des fleurs, la pourpre des vins lutte
d'éclat avec la rougeur des roses, le garçon qui
nous sert a l'air d'un idiot, nous, nous avons l'air
de goinfres, ça nous est bien égal. Nous nous
empiffrons rôtis sur rôtis, nous nous ingurgi-
tons bordeaux sur bourgogne, chartreuse sur
cognac. Au diable les vinasses et les trois-six que
nous buvons depuis notre départ de Paris ! au
diable ces ratas sans nom, ces gargotailles incon-
nues dont nous nous sommes si maigrement
gavés depuis près d'un mois ! Nous sommes
méconnaissables ; nos mines de faméliques rou-

geoient comme des trognes, nous braillons, le
nez en l'air, nous allons à la dérive ! Nous par-
courons ainsi toute la ville.

Le soir arrive, il faut pourtant rentrer ! La
sœur qui surveillait la salle des vieux nous dit
avec sa petite voix flûtée :

« Messieurs les militaires, vous avez eu bien
froid la nuit dernière, mais vous allez avoir un
bon lit. »

Et elle nous emmène dans une grande salle
où fignolent au plafond trois veilleuses mal allumées. J'ai un lit blanc, je m'enfonce avec délices
dans les draps qui sentent encore la bonne
odeur de la lessive. On n'entend plus que le
souffle ou le ronflement des dormeurs. J'ai bien
chaud, mes yeux se ferment, je ne sais plus où
je suis, quand un gloussement prolongé me
réveille. J'ouvre un œil et j'aperçois, au pied
de mon lit, un individu qui me contemple. Je
me dresse sur mon séant. J'ai devant moi un
vieillard, long, sec, l'œil hagard, les lèvres bavant
dans une barbe pas faite. Je lui demande ce qu'il
me veut. — Pas de réponse. — Je lui crie :

— « Allez-vous-en, laissez-moi dormir ! »

Il me montre le poing. Je le soupçonne d'être
un aliéné ; je roule une serviette au bout de
laquelle je tortille sournoisement un nœud ; il
avance d'un pas, je saute sur le parquet, je pare
le coup de poing qu'il m'envoie, et lui assène en
riposte, sur l'œil gauche, un coup de serviette à
toute volée. Il en voit trente-six chandelles, se

rue sur moi ; je me recule et lui décoche
un vigoureux coup de pied dans l'estomac. Il
culbute, entraîne dans sa chute une chaise qui
rebondit ; le dortoir est réveillé ; Francis accourt
en chemise pour me prêter main-forte, la sœur
arrive, les infirmiers s'élancent sur le fou qu'ils
fessent et parviennent à grand-peine à recou-
cher.

L'aspect du dortoir était éminemment
cocasse. Aux lueurs d'un rose vague qu'épan-
daient autour d'elles les veilleuses mourantes,
avait succédé le flamboiement de trois lanternes.
Le plafond noir avec ses ronds de lumière qui
dansaient au-dessus des mèches en combustion
éclatait maintenant avec ses teintes de plâtre
fraîchement crépi. Les malades, une réunion de
Guignols hors d'âge, avaient empoigné le morceau de bois qui pendait au bout d'une ficelle
au-dessus de leurs lits, s'y cramponnaient d'une
main, et faisaient de l'autre des gestes terrifiés.
À cette vue, ma colère tombe, je me tords de
rire, le peintre suffoque, il n'y a que la sœur qui
garde son sérieux et arrive, à force de menaces
et de prières, à rétablir l'ordre dans la chambrée.

La nuit s'achève tant bien que mal ; le matin,
à six heures, un roulement de tambour nous
réunit, le directeur fait l'appel des hommes.
Nous partons pour Rouen.

Arrivés dans cette ville, un officier dit au malheureux qui nous conduisait que l'hospice était

plein et ne pouvait nous loger. En attendant,
nous avons une heure d'arrêt. Je jette mon sac
dans un coin de la gare, et bien que mon ventre
grouille, nous voilà partis, Francis et moi, errant
à l'aventure, nous extasiant devant l'église de
Saint-Ouen, nous ébahissant devant les vieilles
maisons. Nous admirons tant et tant, que
l'heure s'était écoulée depuis longtemps avant
même que nous eussions songé à retrouver la
gare.

« Il y a beau temps que vos camarades sont
partis, nous dit un employé du chemin de fer ;
ils sont à Évreux ! »

Diable ! le premier train ne part plus qu'à
neuf heures. — Allons dîner ! — Quand nous
arrivâmes à Évreux, la pleine nuit était venue.
Nous ne pouvions nous présenter à pareille
heure dans un hospice, nous aurions eu l'air de
malfaiteurs. La nuit est superbe, nous traversons
la ville, et nous nous trouvons en rase campagne.
C'était le temps de la fenaison, les gerbes étaient
en tas. Nous avisons une petite meule dans un
champ, nous y creusons deux niches confor-
tables, et je ne sais si c'est l'odeur troublante de
notre couche ou le parfum pénétrant des bois
qui nous émeuvent, mais nous éprouvons le
besoin de parler de nos amours défuntes. Le
thème était inépuisable ! Peu à peu, cependant,
les paroles deviennent plus rares, les enthousiasmes s'affaiblissent, nous nous endormons.

« Sacrebleu ! crie mon voisin qui s'étire, quelle

heure peut-il bien être ? » Je me réveille à mon tour. Le soleil ne va pas tarder à se lever, car le grand rideau bleu se galonne à l'horizon de franges roses. Quelle misère ! il va falloir aller frapper à la porte de l'hospice, dormir dans des salles imprégnées de cette senteur fade sur laquelle revient comme une ritournelle obstinée, l'âcre fleur de la poudre d'iodoforme !

Nous reprenons tout tristes le chemin de l'hôpital. On nous ouvre, mais hélas ! un seul de nous est admis, Francis, — et moi on m'envoie au lycée.

La vie n'était plus possible, je méditais une évasion, quand un jour l'interne de service descend dans la cour. Je lui montre ma carte d'étudiant en droit ; il connaît Paris, le Quartier latin. Je lui explique ma situation. « Il faut absolument, lui dis-je, ou que Francis vienne au lycée, ou que j'aille le rejoindre à l'hôpital. » Il réfléchit, et le soir, arrivant près de mon lit, me glisse ces mots dans l'oreille : « Dites, demain matin, que vous souffrez davantage. » Le lendemain, en effet, vers sept heures, le médecin fait son entrée ; un brave et excellent homme, qui n'avait que deux défauts : celui de puer des dents et celui de vouloir se débarrasser de ses malades, coûte que coûte. Tous les matins, la scène suivante avait lieu :

« Ah ! ah ! le gaillard, criait-il, quelle mine il a ! bon teint, pas de fièvre ; levez-vous et allez prendre une bonne tasse de café ; mais pas de bêtises, vous savez, ne courez pas après les jupes ; je vais vous signer votre *exeat*, vous retournerez demain à votre régiment. »

Malades ou pas malades, il en renvoyait trois par jour. Ce matin-là, il s'arrête devant moi et dit :

« Ah ! saperlotte, mon garçon, vous avez meilleure mine ! »

Je me récrie, jamais je n'ai tant souffert ! Il me tâte le ventre. « Mais ça va mieux, murmure-t-il, le ventre est moins dur. » — Je proteste. — Il semble étonné, l'interne lui dit alors tout bas :

« Il faudrait peut-être lui donner un lavement, et nous n'avons ici ni seringue ni clysopompe ; si nous l'envoyions à l'hôpital ?

— Tiens, mais c'est une idée, » dit le brave homme, enchanté de se débarrasser de moi, et séance tenante, il signe mon billet d'admission ; je boucle radieux mon sac, et sous la garde d'un servant du lycée, je fais mon entrée à l'hôpital. Je retrouve Francis ! Par une chance incroyable, le corridor Saint-Vincent où il couche, faute de place dans les salles, contient un lit vide près du sien ! Nous sommes enfin réunis ! En sus de nos deux lits, cinq grabats longent à la queue leu leu les murs enduits de jaune. Ils ont pour habitants un soldat de la ligne, deux artilleurs, un dragon et un hussard. Le reste de l'hôpital se compose de quelques vieillards fêlés et gâteux, de quelques jeunes hommes, rachitiques ou bancroches, et d'un grand nombre de soldats, épaves de l'armée de Mac-Mahon, qui, après avoir roulé d'ambulances en ambulances, étaient venus échouer sur cette berge. Francis et moi, nous sommes les seuls qui portions l'uniforme de la mobile de la Seine ; nos voisins de lit étaient d'assez gentils garçons, plus insignifiants, à vrai dire, les uns que les autres ; c'étaient, pour la plupart, des fils de paysans ou de fermiers rappelés sous les drapeaux lors de la déclaration de guerre.

Tandis que j'enlève ma veste, arrive une sœur, si frêle, si jolie, que je ne puis me lasser de la regarder ; les beaux grands yeux ! les longs cils blonds ! les jolies dents ! — Elle me demande pourquoi j'ai quitté le lycée ; je lui explique en des phrases nébuleuses comment l'absence d'une pompe foulante m'a fait renvoyer du collège. Elle sourit doucement et me dit :

« Oh ! monsieur le militaire, vous auriez pu nommer la chose par son nom, nous sommes habituées à tout. »

Je crois bien qu'elle devait être habituée à tout, la malheureuse, car les soldats ne se gênaient guère pour se livrer à d'indiscrètes propretés devant elle. Jamais d'ailleurs je ne la vis rougir ; elle passait entre eux, muette, les yeux baissés, semblait ne pas entendre les grossières facéties qui se débitaient autour d'elle.

Dieu ! m'a-t-elle gâté ! Je la vois encore, le matin, alors que le soleil cassait sur les dalles l'ombre des barreaux de fenêtres, s'avancer len-

tement, au fond du corridor, les grandes ailes de
son bonnet battant sur son visage. Elle arrivait
près de mon lit avec une assiette qui fumait et
sur le bord de laquelle luisait son ongle bien
taillé. « La soupe est un peu claire ce matin,
disait-elle, avec son joli sourire, je vous apporte
du chocolat ; mangez vite pendant qu'il est
chaud ! »

Malgré les soins qu'elle me prodiguait, je
m'ennuyais à mourir dans cet hôpital. Mon ami
et moi nous étions arrivés à ce degré d'abrutis-
sement qui vous jette sur un lit, s'essayant à tuer,
dans une somnolence de bête, les longues
heures des insupportables journées. Les seules
distractions qui nous fussent offertes consis-
taient en un déjeuner et un dîner composés de
bœuf bouilli, de pastèque, de pruneaux et d'un
doigt de vin, le tout en insuffisante quantité
pour nourrir un homme.

Grâce à ma simple politesse vis-à-vis des sœurs
et aux étiquettes de pharmacie que j'écrivais
pour elles, j'obtenais heureusement une côte-
lette de temps à autre et une poire cueillie dans
le verger de l'hôpital. J'étais donc, en somme, le
moins à plaindre de tous les soldats entassés
pêle-mêle dans les salles, mais, les premiers
jours, je ne parvenais même point à avaler ma
pitance le matin. C'était l'heure de la visite et le
docteur choisissait ce moment pour faire ses
opérations. Le second jour après mon arrivée, il
fendit une cuisse du haut en bas ; j'entendis un

cri déchirant ; je fermai les yeux, pas assez cependant pour que je ne visse une pluie rouge s'éparpiller en larges gouttes sur son tablier. Ce matin-là, je ne pus manger. Peu à peu, cependant, je finis par m'aguerrir ; bientôt, je me contentai de détourner la tête et de préserver ma soupe.

En attendant, la situation devenait intolérable. Nous avions essayé, mais en vain, de nous procurer des journaux et des livres, nous en étions réduits à nous déguiser, à mettre pour rire la veste du hussard ; mais cette gaieté puérile s'éteignait vite et nous nous étirions, toutes les vingt minutes, échangeant quelques mots, nous renfonçant la tête dans le traversin.

Il n'y avait pas grande conversation à tirer de nos camarades. Les deux artilleurs et le hussard étaient trop malades pour causer. Le dragon jurait des « Nom de Dieu » sans parler, se levait à tout instant, enveloppé dans son grand manteau blanc et allait aux latrines dont il rapportait l'ordure gâchée par ses pieds nus. L'hôpital manquait de thomas ; quelques-uns des plus malades avaient cependant sous leur lit une vieille casserole que les convalescents faisaient sauter comme des cuisinières, offrant, par plaisanterie, le ragoût aux sœurs.

Restait donc seulement le soldat de la ligne : un malheureux garçon épicier, père d'un enfant, rappelé sous les drapeaux, battu constamment par la fièvre, grelottant sous ses couvertures.

Assis en tailleurs sur nos lits, nous l'écoutions raconter la bataille où il s'était trouvé.

Jeté près de Froeschwiller, dans une plaine entourée de bois, il avait vu des lueurs rouges filer dans des bouquets de fumée blanche, et il avait baissé la tête, tremblant, ahuri par la canonnade, effaré par le sifflet des balles. Il avait marché, mêlé aux régiments, dans de la terre grasse, ne voyant aucun Prussien, ne sachant où il était, entendant à ses côtés des gémissements traversés par des cris brefs, puis les rangs des soldats placés devant lui s'étaient tout à coup retournés et dans la bousculade d'une fuite, il avait été, sans savoir comment, jeté par terre. Il s'était relevé, s'était sauvé, abandonnant son fusil et son sac, et à la fin, épuisé par les marches forcées subies depuis huit jours, exténué par la peur et affaibli par la faim, il s'était assis dans un fossé. Il était resté là, hébété, inerte, assourdi par le vacarme des obus, résolu à ne plus se défendre, à ne plus bouger; puis il avait songé à sa femme, et pleurant, se demandant ce qu'il avait fait pour qu'on le fît ainsi souffrir, il avait ramassé, sans savoir pourquoi, une feuille d'arbre qu'il avait gardée et à laquelle il tenait, car il nous la montrait souvent, séchée et ratatinée dans le fond de ses poches.

Un officier était passé, sur ces entrefaites, le revolver au poing, l'avait traité de lâche et menacé de lui casser la tête s'il ne marchait pas. Il avait dit : «J'aime mieux ça, ah! que ça finisse!» Mais l'officier, au moment où il le secouait pour le remettre sur ses jambes, s'était étalé, giglant le sang par la nuque. Alors, la peur l'avait repris, il s'était enfui et avait pu rejoindre une lointaine route, inondée de fuyards, noire de troupes, sillonnée d'attelages dont les chevaux emportés crevaient et broyaient les rangs.

On était enfin parvenu à se mettre à l'abri. Le cri de trahison s'élevait des groupes. De vieux soldats paraissaient résolus encore, mais les recrues se refusaient à continuer. «Qu'ils aillent se faire tuer, disaient-ils, en désignant les officiers, c'est leur métier à eux!» «Moi, j'ai des enfants, c'est pas l'État qui les nourrira si je suis mort!» Et l'on enviait le sort des gens un peu blessés et des malades qui pouvaient se réfugier dans les ambulances.

«Ah! ce qu'on a peur et puis ce qu'on garde dans l'oreille la voix des gens qui appellent leur mère et demandent à boire,» ajoutait-il, tout frissonnant. Il se taisait, et regardant le corridor d'un air ravi, il reprenait : «C'est égal, je suis bien heureux d'être ici; et puis, comme cela, ma femme peut m'écrire,» et il tirait de sa culotte des lettres, disant avec satisfaction : «Le petit a écrit, voyez,» et il montrait au bas du papier, sous l'écriture pénible de sa femme, des bâtons formant une phrase dictée où il y avait des «J'embrasse papa» dans des pâtés d'encre.

Nous écoutâmes vingt fois au moins cette histoire, et nous dûmes subir pendant de mortelles heures les rabâchages de cet homme enchanté de posséder un fils. Nous finissions par nous boucher les oreilles et par tâcher de dormir pour ne plus l'entendre.

Cette déplorable vie menaçait de se prolonger, quand un matin Francis, qui, contrairement à son habitude, avait rôdé toute la journée de la veille dans la cour, me dit : « Eh ! Eugène, viens-tu respirer un peu l'air des champs ? » Je dresse l'oreille. « Il y a un préau réservé aux fous, poursuit-il ; ce préau est vide ; en grimpant sur le toit des cabanons, et c'est facile, grâce aux grilles qui garnissent les fenêtres, nous atteignons la crête du mur, nous sautons et nous tombons dans la campagne. À deux pas de ce mur s'ouvre l'une des portes d'Évreux. Qu'en dis-tu ?

— Je dis... je dis que je suis tout disposé à sortir ; mais comment ferons-nous pour rentrer ?

— Je n'en sais rien ; partons d'abord, nous aviserons ensuite. Lève-toi, on va servir la soupe, nous sautons sur le mur après. »

Je me lève. L'hôpital manquait d'eau, de sorte que j'en étais réduit à me débarbouiller avec de l'eau de Seltz que la sœur m'avait fait avoir. Je prends mon siphon, je vise le peintre qui crie feu, je presse la détente, la décharge lui arrive en pleine figure ; je me pose à mon tour devant lui, je reçois le jet dans la barbe, je me frotte le nez avec la mousse, je m'essuie. Nous sommes

prêts, nous descendons. Le préau est désert ;
nous escaladons le mur. Francis prend son élan
et saute. Je suis assis à califourchon sur la crête,
je jette un regard rapide autour de moi ; en bas,
un fossé et de l'herbe ; à droite, une des portes
de la ville ; au loin, une forêt qui moutonne et
enlève ses déchirures d'or rouge sur une bande
de bleu pâle. Je suis debout ; j'entends du bruit
dans la cour, je saute ; nous rasons les murailles,
nous sommes dans Évreux !

— Si nous mangions ?

— Adopté.

Chemin faisant, à la recherche d'un gîte, nous
apercevons deux petites femmes qui tortillent
des hanches ; nous les suivons et leur offrons à
déjeuner ; elles refusent ; nous insistons, elles
répondent non plus mollement ; nous insistons
encore, elles disent oui. Nous allons chez elles,
avec un pâté, des bouteilles, des œufs, un poulet froid. Ça nous paraît drôle de nous trouver
dans une chambre claire, tendue de papier
moucheté de fleurs lilas et feuillé de vert ; il y a,
aux croisées, des rideaux en damas groseille,
une glace sur la cheminée, une gravure représentant un Christ embêté par des Pharisiens, six
chaises en merisier, une table ronde avec une
toile cirée montrant les rois de France, un lit
pourvu d'un édredon de percale rose. Nous
dressons la table, nous regardons d'un œil goulu
les filles qui tournent autour ; le couvert est long
à mettre, car nous les arrêtons au passage pour

les embrasser; elles sont laides et bêtes, du reste. Mais, qu'est-ce que ça nous fait? il y a si long-temps que nous n'avons flairé de la bouche de femme!

Je découpe le poulet, les bouchons sautent, nous buvons comme des chantres et bâfrons comme des ogres. Le café fume dans les tasses, nous le dorons avec du cognac; ma tristesse s'en-vole, le punch s'allume, les flammes bleues du kirsch voltigent dans le saladier qui crépite, les filles rigolent, les cheveux dans les yeux et les seins fouillés; soudain quatre coups sonnent lentement au cadran de l'église. Il est quatre heures. Et l'hôpital, Seigneur Dieu! nous l'avions oublié! Je deviens pâle, Francis me regarde avec effroi, nous nous arrachons des bras de nos hôtesses, nous sortons au plus vite.

« Comment rentrer? dit le peintre.

— Hélas! nous n'avons pas le choix; nous arriverons à grand-peine pour l'heure de la soupe. À la grâce de Dieu, filons par la grande porte! »

Nous arrivons, nous sonnons; la sœur concierge vient nous ouvrir et reste ébahie. Nous la saluons, et je dis assez haut pour être entendu d'elle :

« Sais-tu, dis-donc, qu'ils ne sont pas aimables à l'Intendance, le gros surtout nous a reçus plus ou moins poliment... »

La sœur ne souffle mot; nous courons au galop vers la chambrée; il était temps, j'entendais la voix de sœur Angèle qui distribuait les rations. Je me couche au plus vite sur mon lit, je dissimule avec la main un suçon que ma belle m'a posé le long du cou ; la sœur me regarde, trouve à mes yeux un éclat inaccoutumé et me dit avec intérêt :

« Souffrez-vous davantage ? »

Je la rassure et lui réponds :

« Au contraire, je vais mieux, ma sœur, mais cette oisiveté et cet emprisonnement me tuent. »

Quand je lui exprimais l'effroyable ennui que j'éprouvais, perdu dans cette troupe, au fond d'une province, loin des miens, elle ne répondait pas, mais ses lèvres se serraient, ses yeux prenaient une indéfinissable expression de mélancolie et de pitié. Un jour pourtant elle m'avait dit d'un ton sec : « Oh ! la liberté ne vous vaudrait rien », faisant allusion à une conversation qu'elle avait surprise entre Francis et moi, discutant sur les joyeux appas des Parisiennes ; puis elle s'était adoucie et avait ajouté avec sa petite moue charmante :

« Vous n'êtes vraiment pas sérieux, monsieur le militaire. »

Le lendemain matin nous convenons, le peintre et moi, qu'aussitôt la soupe avalée, nous escaladerons de nouveau les murs. À l'heure dite, nous rôdons autour du préau, la porte est fermée ! « Bast, tant pis ! dit Francis, en avant ! » et il se dirige vers la grande porte de l'hôpital. Je le suis. La sœur tourière nous demande où nous allons. « À l'Intendance. » La porte s'ouvre, nous sommes dehors.

Arrivés sur la grande place de la ville, en face de l'église, j'avise, tandis que nous contemplions les sculptures du porche, un gros monsieur, une face de lune rouge hérissée de moustaches blanches, qui nous regardait avec étonnement. Nous le dévisageons à notre tour, effrontément, et nous poursuivons notre route. Francis mourait de soif, nous entrons dans un café, et, tout en dégustant ma demi-tasse, je jette les yeux sur le journal du pays, et j'y trouve un nom qui me fait rêver. Je ne connaissais pas, à vrai dire, la personne qui le portait, mais ce nom rappelait en moi des souvenirs effacés depuis longtemps. Je me rappelais que l'un de mes amis avait un parent haut placé dans la ville d'Évreux. « Il faut absolument que je le voie », dis-je au peintre ; je demande son adresse au cafetier, il l'ignore ; je sors et je vais chez tous les boulangers et chez tous les pharmaciens que je rencontre. Tout le monde mange du pain et boit des potions ; il est impossible que l'un de ces industriels ne connaisse pas l'adresse de M. de Fréchêde. Je la trouve, en effet ; j'époussette ma vareuse, j'achète une cravate noire, des gants et je vais sonner doucement, rue Chartraine, à la grille d'un hôtel qui dresse ses façades de brique et ses toitures d'ardoise dans le fouillis ensoleillé d'un parc. Un domestique m'introduit. M. de Fréchêde est absent, mais Madame est là. J'attends, pendant quelques secondes, dans un salon ; la portière se soulève et une vieille dame paraît. Elle a l'air si affable que je suis rassuré. Je lui explique, en quelques mots, qui je suis.

« Monsieur, me dit-elle, avec un bon sourire, j'ai beaucoup entendu parler de votre famille ; je crois même avoir vu chez Madame Lezant, madame votre mère, lors de mon dernier voyage à Paris ; vous êtes ici le bienvenu. »

Nous causons longuement ; moi, un peu gêné, dissimulant avec mon képi, le suçon de mon cou ; elle, cherchant à me faire accepter de l'argent que je refuse.

« Voyons, me dit-elle enfin, je désire de tout mon cœur vous être utile ; que puis-je faire ? » Je lui réponds : « Mon Dieu ! madame, si vous pouviez obtenir qu'on me renvoie à Paris, vous me rendriez un grand service ; les communications vont être prochainement interceptées, si j'en crois les journaux ; on parle d'un nouveau coup d'État ou du renversement de l'Empire ; j'ai grand besoin de retrouver ma mère, et surtout de ne pas me laisser faire prisonnier ici, si les Prussiens y viennent. »

Sur ces entrefaites rentre M. de Fréchêde. Il est mis, en deux mots, au courant de la situation.

« Si vous voulez venir avec moi chez le médecin de l'hospice, me dit-il, nous n'avons pas de temps à perdre. »

— Chez le médecin ! bon Dieu ! et comment lui expliquer ma sortie de l'hôpital ? Je n'ose souffler mot ; je suis mon protecteur, me demandant comment tout cela va finir. Nous arrivons, le docteur me regarde d'un air stupéfait. Je ne lui laisse pas le temps d'ouvrir la bouche, et je lui débite avec une prodigieuse volubilité un chapelet de jérémiades sur ma triste position.

M. de Fréchêde prend à son tour la parole et lui demande, en ma faveur, un congé de convalescence de deux mois.

« Monsieur est, en effet, assez malade, dit le médecin, pour avoir droit à deux mois de repos ; si mes collègues et si le général partagent ma manière de voir, votre protégé pourra, sous peu de jours, retourner à Paris.

— C'est bien, réplique M. de Fréchêde ; je vous remercie, docteur ; je parlerai ce soir même au général. »

Nous sommes dans la rue, je pousse un soupir de soulagement, je serre la main de l'excellent homme qui veut bien s'intéresser à moi, je cours à la recherche de Francis. Nous n'avons que bien juste le temps de rentrer, nous arrivons à la grille de l'hôpital ; Francis sonne, je salue la sœur. Elle m'arrête :

« Ne m'aviez-vous pas dit, ce matin, que vous alliez à l'Intendance ?

— Mais certainement, ma sœur.

— Eh bien ! le général sort d'ici. Allez voir le directeur et la sœur Angèle, ils vous attendent ;

vous leur expliquerez, sans doute, le but de vos visites à l'Intendance. »

Nous remontons, tout penauds, l'escalier du dortoir. Sœur Angèle est là qui m'attend et qui me dit :

« Jamais je n'aurais cru pareille chose ; vous avez couru par toute la ville, hier et aujourd'hui, et Dieu sait la vie que vous avez menée !

— Oh ! par exemple », m'écriai-je.

Elle me regarda si fixement que je ne soufflai plus mot.

« Toujours est-il, poursuivit-elle, que le général vous a rencontrés aujourd'hui même sur la Grand-Place. J'ai nié que vous fussiez sortis, et je vous ai cherchés par tout l'hôpital. Le général avait raison, vous n'étiez pas ici. Il m'a demandé vos noms ; j'ai donné celui de l'un d'entre vous, j'ai refusé de livrer l'autre, et j'ai eu tort, bien certainement, car vous ne le méritez pas !

— Oh ! combien je vous remercie, ma sœur !... » Mais sœur Angèle ne m'écoutait pas, elle était indignée de ma conduite ! Je n'avais qu'un parti à prendre, me taire et recevoir l'averse sans même tenter de me mettre à l'abri. Pendant ce temps, Francis était appelé chez le directeur, et comme je ne sais pourquoi, on le soupçonnait de me débaucher, et qu'il était d'ailleurs, à cause de ses gouailleries, au plus mal avec le médecin et avec les sœurs, il lui fut annoncé qu'il partirait le lendemain pour rejoindre son corps.

« Les drôlesses chez lesquelles nous avons déjeuné hier sont des filles en carte qui nous ont vendus, m'affirmait-il, furieux. C'est le directeur lui-même qui me l'a dit. »

Tandis que nous maudissions ces coquines et que nous déplorions notre uniforme qui nous faisait si facilement reconnaître, le bruit court que l'Empereur est prisonnier et que la république est proclamée à Paris ; je donne un franc à un vieillard qui pouvait sortir et qui me rapporte un numéro du *Gaulois*. La nouvelle est vraie. L'hôpital exulte. « Enfoncé Badingue ! c'est pas trop tôt, v'là la guerre qui est enfin finie ! » Le lendemain matin, Francis et moi nous nous embrassons, et il part. « À bientôt, me crie-t-il en fermant la grille, et rendez-vous à Paris ! »

Oh ! les journées qui suivirent ce jour-là ! quelles souffrances ! quel abandon ! Impossible de sortir de l'hôpital ; une sentinelle se promenait, en mon honneur, de long en large, devant la porte. J'eus cependant le courage de ne pas m'essayer à dormir ; je me promenai comme une bête encagée, dans le préau. Je rôdais ainsi douze heures durant. Je connaissais ma prison dans ses moindres coins. Je savais les endroits où les pariétaires et la mousse poussaient, les pans de muraille qui fléchissaient en se lézardant. Le dégoût de mon corridor, de mon grabat aplati comme une galette, de mon geigneux, de mon linge pourri de crasse, m'était venu. Je vivais, isolé, ne parlant à personne, battant à coups de pieds les cailloux de la cour, errant comme une âme en peine sous les arcades badigeonnées d'ocre jaune ainsi que les salles, revenant à la grille d'entrée surmontée d'un drapeau, montant au premier où était ma couche, descendant au bas où la cuisine étincelait, mettant les éclairs de son cuivre rouge dans la nudité blafarde de la pièce. Je me rongeais les poings d'impatience, regardant, à certaines heures, les allées et venues des civils et des soldats mêlés, passant et repassant à tous les étages, emplissant les galeries de leur marche lente.

Je n'avais plus la force de me soustraire aux poursuites des sœurs, qui nous rabattaient le dimanche dans la chapelle. Je devenais monomane ; une idée fixe me hantait : fuir au plus vite cette lamentable geôle. Avec cela, des ennuis d'argent m'opprimaient. Ma mère m'avait adressé cent francs à Dunkerque, où je devais me trouver, paraît-il. Cet argent ne revenait point. Je vis le moment où je n'aurais plus un sou pour acheter du tabac ou du papier.

En attendant, les jours se suivaient. Les de Fréchêde semblaient m'avoir oublié et j'attribuais leur silence à mes escapades, qu'ils avaient sans doute apprises. Bientôt à toutes ces angoisses vinrent s'ajouter d'horribles douleurs : mal soignées et exaspérées par les prétantaines que j'avais courues, mes entrailles flambaient. Je souffris tellement que j'en vins à craindre de ne plus pouvoir supporter le voyage. Je dissimulais

mes souffrances, craignant que le médecin ne
me forçât à demeurer plus longtemps à l'hôpital. Je gardai le lit quelques jours; puis, comme
je sentais mes forces diminuer, je voulus me
lever quand même et je descendis dans la cour.
Sœur Angèle ne me parlait plus, et le soir, alors
qu'elle faisait sa ronde dans les corridors et les
chambrées, se détournant pour ne point voir
le point de feu des pipes qui scintillait dans
l'ombre, elle passait devant moi, indifférente,
froide, détournant les yeux.

Une matinée, cependant, comme je me traî-
nais dans la cour et m'affaissais sur tous les
bancs, elle me vit si changé, si pâle, qu'elle ne
put se défendre d'un mouvement de compas-
sion. Le soir, après qu'elle eut terminé sa visite
des dortoirs, je m'étais accoudé sur mon traversin et, les yeux grands ouverts, je regardais les
traînées bleuâtres que la lune jetait par les
fenêtres du couloir, quand la porte du fond
s'ouvrit de nouveau, et j'aperçus, tantôt baignée
de vapeurs d'argent, tantôt sombre et comme
vêtue d'un crêpe noir, selon qu'elle passait
devant les croisées ou devant les murs, sœur
Angèle qui venait à moi. Elle souriait doucement. «Demain matin, me dit-elle, vous passe-
rez la visite des médecins. J'ai vu madame
Fréchêde aujourd'hui, il est probable que vous
partirez dans deux ou trois jours pour Paris.» Je
fais un saut dans mon lit, ma figure s'éclaire, je
voudrais pouvoir sauter et chanter; jamais je ne

fus plus heureux. Le matin se lève, je m'habille et, inquiet cependant, je me dirige vers la salle où siège une réunion d'officiers et de médecins.

Un à un, les soldats étalaient des torses creusés de trous ou bouquetés de poils. Le général se grattait un ongle, le colonel de la gendarmerie s'éventait avec un papier, les praticiens causaient en palpant les hommes. Mon tour arrive enfin : on m'examine des pieds à la tête, on me pèse sur le ventre qui est gonflé et tendu comme un ballon, et, à l'unanimité des voix, le conseil m'accorde un congé de convalescence de soixante jours. Je vais enfin revoir ma mère ! retrouver mes bibelots, mes livres ! Je ne sens plus ce fer rouge qui me brûle les entrailles, je saute comme un cabri !

J'annonce à ma famille la bonne nouvelle. Ma mère m'écrit lettres sur lettres, s'étonnant que je n'arrive point. Hélas ! mon congé doit être visé à la Division de Rouen. Il revient après cinq jours ; je suis en règle, je vais trouver sœur Angèle, je la prie de m'obtenir, avant l'heure fixée pour mon départ, une permission de sortie afin d'aller remercier les de Fréchêde qui ont été si bons pour moi. Elle va trouver le directeur et me la rapporte ; je cours chez ces braves gens, qui me forcent à accepter un foulard et cinquante francs pour la route ; je vais chercher ma feuille à l'Intendance, je rentre à l'hospice, je n'ai plus que quelques minutes à moi. Je me mets en quête de sœur Angèle que je trouve dans le jardin, et je lui dis, tout ému :

« Ô chère sœur, je pars ; comment pourrai-je jamais m'acquitter envers vous ? »

Je lui prends la main qu'elle veut retirer, et je la porte à mes lèvres. Elle devient rouge. « Adieu ! murmure-t-elle, et me menaçant du doigt, elle ajoute gaiement : soyez sage, et surtout ne faites pas de mauvaises rencontres en route !

— Oh ! ne craignez rien, ma sœur, je vous le promets ! » L'heure sonne, la porte s'ouvre, je me précipite vers la gare, je saute dans un wagon, le train s'ébranle, j'ai quitté Évreux.

La voiture est à moitié pleine, mais j'occupe heureusement l'une des encoignures. Je mets le nez à la fenêtre, je vois quelques arbres écimés, quelques bouts de collines qui serpentent au loin et un pont enjambant une grande mare qui scintille au soleil comme un éclat de vitre. Tout cela n'est pas bien joyeux. Je me renfonce dans mon coin, regardant parfois les fils du télégraphe qui règlent l'outremer de leurs lignes noires ; quand le train s'arrête, les voyageurs qui m'entourent descendent, la portière se ferme, puis s'ouvre à nouveau et livre passage à une jeune femme.

Tandis qu'elle s'assied et défripe sa robe, j'entrevois sa figure sous l'envolée du voile. Elle est charmante, avec ses yeux pleins de bleu de ciel, ses lèvres tachées de pourpre, ses dents blanches, ses cheveux couleur de maïs mûr.

J'engage la conversation ; elle s'appelle Reine et brode des fleurs : nous causons en amis. Soudain elle devient pâle et va s'évanouir ; j'ouvre les lucarnes, je lui tends un flacon de sels que j'ai emporté, lors de mon départ de Paris, à tout hasard ; elle me remercie, ce ne sera rien, dit-elle, et elle s'appuie sur mon sac pour tâcher de dormir. Heureusement que nous sommes seuls dans le compartiment, mais la barrière de bois qui sépare, en tranches égales, la caisse de la voiture ne s'élève qu'à mi-corps, et l'on voit et surtout on entend les clameurs et les gros rires des paysans et des paysannes. Je les aurais battus de bon cœur, ces imbéciles qui troublaient son sommeil ! Je me contentai d'écouter les médiocres aperçus qu'ils échangeaient sur la politique. J'en ai vite assez ; je me bouche les oreilles ; j'essaye, moi aussi, de dormir ; mais cette phrase qui a été dite par le chef de la dernière station : « Vous n'arriverez pas à Paris, la voie est coupée à Mantes », revient dans toutes mes rêveries comme un refrain entêté. J'ouvre les yeux, ma voisine se réveille elle aussi : je ne veux pas lui faire partager mes craintes ; nous causons à voix basse, elle m'apprend qu'elle va rejoindre sa mère à Sèvres. « Mais, lui dis-je, le train n'entrera guère dans Paris avant onze heures du soir, vous n'aurez jamais le temps de regagner l'embarcadère de la rive gauche. —

Comment faire, dit-elle, si mon frère n'est pas
en bas, à l'arrivée ? »

Ô misère, je suis sale comme un peigne et
mon ventre brûle ! je ne puis songer à l'emme-
ner dans mon logement de garçon, et puis, je
veux avant tout aller chez ma mère. Que faire ?
Je regarde Reine avec angoisse, je prends sa
main ; à ce moment, le train change de voie, la
secousse la jette en avant, nos lèvres sont
proches, elles se touchent, j'appuie les miennes
bien vite, elle devient rouge. Seigneur Dieu !
sa bouche remue imperceptiblement, elle me
rend mon baiser ; un long frisson me court sur
l'échine, au contact de ces braises ardentes
je me sens défaillir : Ah ! sœur Angèle, sœur
Angèle, on ne peut se refaire !

Et le train rugit et roule sans ralentir sa
marche, nous filons à toute vapeur sur Mantes ;
mes craintes sont vaines, la voie est libre. Reine
ferme à demi ses yeux, sa tête tombe sur mon
épaule, ses petits frisons s'emmêlent dans ma
barbe et me chatouillent les lèvres, je soutiens sa
taille qui ploie et je la berce. Paris n'est pas loin,
nous passons devant les docks à marchandises,
devant les rotondes où grondent, dans une
vapeur rouge, les machines en chauffe ; le train
m'arrête, on prend les billets. Tout bien réflé-
chi, je conduirai d'abord Reine dans mon logement de garçon. Pourvu que son frère ne
l'attende pas à l'arrivée ! Nous descendons des
voitures, son frère est là. Dans cinq jours, me dit-

elle, dans un baiser, et le bel oiseau s'envole ! Cinq jours après j'étais dans mon lit atrocement malade, et les Prussiens occupaient Sèvres. Jamais plus depuis je ne l'ai revue.

J'ai le cœur serré, je pousse un gros soupir ; ce n'est pourtant pas le moment d'être triste ! Je cahote maintenant dans un fiacre, je reconnais mon quartier, j'arrive devant la maison de ma mère, je grimpe les escaliers, quatre à quatre, je sonne précipitamment, la bonne ouvre. C'est Monsieur ! et elle court prévenir ma mère qui s'élance à ma rencontre, devient pâle, m'embrasse, me regarde des pieds à la tête, s'éloigne un peu, me regarde encore et m'embrasse de nouveau. Pendant ce temps, la bonne a dévalisé le buffet. « Vous devez avoir faim, monsieur Eugène ? — Je crois bien que j'ai faim ! » Je dévore tout ce qu'on me donne, j'avale de grands verres de vin ; à vrai dire, je ne sais ce que je mange et ce que je bois !

Je retourne enfin chez moi pour me coucher ! — Je retrouve mon logement tel que je l'ai laissé. Je le parcours, radieux, puis je m'assieds sur le divan et je reste là, extasié, béat, m'emplissant les yeux de la vue de mes bibelots et de mes livres. Je me déshabille pourtant, je me nettoie à grande eau, songeant que pour la première fois depuis des mois, je vais entrer dans un lit propre avec des pieds blancs et des ongles faits. Je saute sur le sommier qui bondit, je m'enfouis la tête dans la plume, mes yeux se ferment, je vogue à pleines voiles dans le pays du rêve.

Il me semble voir Francis qui allume sa vaste pipe de bois, sœur Angèle qui me considère avec sa petite moue, puis Reine s'avance vers moi, je me réveille en sursaut, je me traite d'imbécile et me renfonce dans les oreillers, mais les douleurs d'entrailles un moment domptées se réveillent maintenant que les nerfs sont moins tendus et je me frotte doucement le ventre, pensant que toute l'horreur de la dysenterie qu'on traîne dans des lieux où tout le monde opère, sans pudeur, ensemble, n'est enfin plus ! Je suis chez moi, dans des cabinets à moi ! et je me dis qu'il faut avoir vécu dans la promiscuité des hospices et des camps pour apprécier la valeur d'une cuvette d'eau, pour savourer la solitude des endroits où l'on met culotte bas, à l'aise.

À VAU L'EAU

I

Le garçon mit sa main gauche sur la hanche, appuya sa main droite sur le dos d'une chaise et il se balança sur un seul pied, en pinçant les lèvres.

— Dame, ça dépend des goûts, dit-il ; moi, à la place de monsieur, je demanderais du Roquefort.

— Eh bien, donnez-moi un Roquefort.

Et M. Jean Folantin, assis devant une table encombrée d'assiettes où se figeaient des rogatons et des bouteilles vides dont le cul estampillait d'un cachet bleu la nappe, fit la moue, ne doutant pas qu'il allait manger un désolant fromage ; son attente ne fut nullement déçue ; le garçon apporta une sorte de dentelle blanche marbrée d'indigo, évidemment découpée dans un pain de savon de Marseille.

M. Folantin chipota ce fromage, plia sa serviette, se leva, et son dos fut salué par le garçon qui ferma la porte.

Une fois dehors, M. Folantin ouvrit son parapluie et pressa le pas. Aux lames aiguës du froid vous rasant les oreilles et le nez, avaient succédé les fines lanières d'une pluie battante. L'hiver glacial et dur qui sévissait depuis trois jours sur Paris se détendait et les neiges amollies coulaient, en clapotant, sous un ciel gonflé, comme noyé d'eau.

M. Folantin galopait maintenant, songeant au feu qu'il avait allumé, chez lui, avant que d'aller se repaître dans son restaurant.

À dire vrai, il n'était pas sans craintes ; par extraordinaire, ce soir-là, la paresse l'avait empêché de réédifier, de fond en comble, le bûcher préparé par son concierge. Le coke est si difficile à prendre, songeait-il ; et il grimpa, quatre à quatre, ses escaliers, entra, et il n'aperçut, dans la cheminée, aucune flamme.

— Dire qu'il n'existe pas de femmes de ménage, pas de portiers qui sachent apprêter un feu, grogna-t-il, et il mit sa bougie sur le tapis et, sans se déshabiller, le chapeau sur la tête, il renversa la grille, l'emplit à nouveau, méthodiquement, ménageant dans sa construction des prises d'air. Il baissa la trappe, consuma des allumettes et du papier et il se dévêtit.

Soudain, il soupira, car il arrachait à sa lampe de profonds rots.

— Allons, bon, il n'y a pas d'huile ! Ah bien, en voilà une autre, c'est complet maintenant ! et il considéra, navré, la mèche qu'il venait de lever, une mèche éventée et jaune, à la couronne calcinée et tailladée de dents noires.

— Cette vie est intolérable, se dit-il, en cherchant des ciseaux ; tant bien que mal, il répara son éclairage, puis il se jeta dans un fauteuil et s'abîma dans ses réflexions.

La journée avait été mauvaise ; depuis le matin, il broyait du noir ; le chef du bureau où il était commis, depuis vingt ans, lui avait, sans politesse, reproché son arrivée plus tardive que de coutume.

M. Folantin s'était rebiffé et, tirant son oignon : « Onze heures juste », avait-il dit, d'un ton sec.

Le chef avait à son tour extrait de sa poche un puissant remontoir.

— Onze vingt, avait-il riposté, je vais comme la Bourse et, d'un air méprisant, il avait consenti à excuser son employé, en s'apitoyant sur l'antique horlogerie qu'il exhibait.

M. Folantin vit, dans cette ironique manière de le disculper, une allusion à sa pauvreté et il répliqua vivement à son supérieur qui, n'acceptant plus alors les écarts séniles d'une montre, se redressa et, dans des termes comminatoires, reprocha de nouveau à M. Folantin d'être inexact.

La séance, mal commencée, avait continué d'être insupportable. Il avait fallu, sous un jour louche salissant le papier, copier d'interminables lettres, tracer de volumineux tableaux et écouter en même temps les bavardages du collègue, un petit vieux qui, les mains dans les poches, s'écoutait parler.

Celui-là récitait tout entier le journal et il l'allongeait encore par des jugements de son crû, ou bien il blâmait les formules des rédacteurs et il en citait d'autres qu'il eût été heureux de voir substituer à celles qu'il expédiait; et il entremêlait ces observations de détails sur le mauvais état de sa santé qu'il déclarait s'améliorer un tantinet pourtant, grâce au constant usage de l'onguent populéum et aux ablutions répétées d'eau froide.

À écouter ces intéressants propos, M. Folantin finissait par se tromper; les raies de ses états godaient et les chiffres couraient à la débandade, dans les colonnes; il avait dû gratter des pages, surcharger des lignes, en pure perte d'ailleurs, car le chef lui avait retourné son travail, avec ordre de le refaire.

Enfin, la journée s'était terminée et, sous le ciel bas, au milieu des rafales, M. Folantin avait dû piétiner dans des parfaits de fange, dans des sorbets de neige, pour atteindre son logis et son restaurant et voilà que, pour comble, le dîner était exécrable et que le vin sentait l'encre.

Les pieds gelés, comprimés dans des bottines racornies par l'ondée et par les flaques, le crâne chauffé à blanc par le bec de gaz qui sifflait au-dessus de sa tête, M. Folantin avait à peine mangé et maintenant la guigne ne le lâchait point; son feu hésitait, sa lampe charbonnait, son tabac était humide et s'éteignait, mouillant le papier à cigarette de jus jaune.

Un grand découragement le poigna; le vide de sa vie murée lui apparut, et, tout en tisonnant le coke avec son poker, M. Folantin, penché en avant sur son fauteuil, le front sur le rebord de la cheminée, se mit à parcourir le chemin de ses quarante ans, s'arrêtant, désespéré, à chaque station.

Son enfance n'avait pas été des plus prospères; de père en fils, les Folantin étaient sans le sou; les annales de la famille signalaient bien, en remontant à des dates éloignées, un Gaspard Folantin qui avait gagné dans le commerce des cuirs presque un million; mais la chronique ajoutait qu'après avoir dévoré sa fortune, il était resté insolvable; le souvenir de cet homme était vivace chez ses descendants qui le maudissaient, le citaient à leurs fils comme un exemple à ne pas suivre et les menaçaient continuellement de mourir comme lui sur la paille, s'ils fréquentaient les cafés ou couraient les femmes.

Toujours est-il que Jean Folantin était né dans de désastreuses conditions; le jour où la gésine de sa mère prit fin, son père possédait pour tout bien une dizaine de petites pièces blanches. Une tante qui, sans être sage-femme, était experte à ce genre d'ouvrage, dépota l'enfant, le débarbouilla avec du beurre et, par économie, lui poudra les cuisses, en guise de lycopode, avec de la farine raclée sur la croûte d'un pain. — Tu vois, mon garçon, que ta naissance fut humble, disait la tante Eudore, qui l'avait mis au courant de ces petits détails, et Jean n'osait espérer déjà, pour plus tard, un certain bien-être.

Son père décéda très jeune et la boutique de papeterie qu'il exploitait rue du Four fut vendue pour liquider les dettes nécessitées par la maladie ; la mère et l'enfant se trouvèrent sur le pavé ; Mme Folantin se plaça chez les autres et devint demoiselle de magasin, puis caissière dans une lingerie et l'enfant devint pensionnaire dans un lycée ; bien que Mme Folantin fût dans une situation réellement malheureuse, elle obtint une bourse et elle se priva de tout, économisant sur ses maigres mois, afin de pouvoir parer plus tard aux frais des examens et des diplômes.

Jean se rendit compte des sacrifices que s'imposait sa mère et il travailla de son mieux, emportant tous les prix, compensant aux yeux de l'économe le mépris qu'inspirait sa situation de pauvre hère, par des succès au grand concours. C'était un garçon très intelligent et, malgré sa jeunesse, déjà rassis. À voir la misérable existence que menait sa mère, enfermée, du matin au soir, dans une cage de verre, toussant, la main devant la bouche, sur des livres, demeurant timide et douce dans l'insolent brouhaha d'un magasin plein d'acheteurs, il comprit qu'il ne fallait compter sur aucune clémence du sort, sur aucune justice de la destinée.

Aussi eut-il le bon sens de ne pas écouter les suggestions de ses professeurs qui le chauffaient en vue d'exhausser leur réputation et de gagner des grades et, tâchant d'arrache-pied, il passa son baccalauréat, après sa seconde.

Il lui fallait sans tarder une place qui allégeât le pesant fardeau que supportait sa mère ; il demeura longtemps sans en découvrir, car son aspect chétif ne prévenait pas en sa faveur et sa jambe gauche boitait, par suite d'un accident survenu au collège, dans son enfance ; enfin, la malchance sembla tourner ; Jean concourut pour une place d'employé dans un ministère et il fut admis avec les appointements de quinze cents francs.

Quand son fils lui annonça cette bonne nouvelle Mme Folantin sourit doucement : « Te voilà ton maître, dit-elle, tu n'as plus besoin de personne, mon pauvre garçon, il était grand temps » ; et en effet sa santé débile s'altérait de jour en jour : un mois après, elle mourut des suites d'un gros rhume gagné dans la cage ventilée où elle demeurait, l'hiver comme l'été, assise.

Jean resta seul ; la tante Eudore était enterrée depuis longtemps ; ses autres parents étaient ou dispersés ou morts ; il ne les avait d'ailleurs pas connus ; c'est tout au plus s'il se souvenait du nom d'une cousine actuellement en province, dans un monastère.

Il se fit quelques camarades, quelques amis, puis arriva le moment où les uns quittèrent Paris et où les autres se marièrent ; il n'eut pas le courage de nouer de nouvelles liaisons et, peu à peu, il s'abandonna et vécut seul.

— C'est égal, la solitude est douloureuse, pensait-il maintenant, en remettant, un à un, des bouts de coke sur sa grille, et il songea à ses anciens camarades. Comme le mariage brisait tout ! On s'était tutoyé, on avait vécu de la même existence, l'on ne pouvait se passer les uns des autres et c'est à peine si l'on se saluait à présent lorsqu'on se rencontrait. L'ami marié est toujours un peu embarrassé, car c'est lui qui a rompu les relations, puis il s'imagine aussi qu'on raille la vie qu'il mène et enfin, il est, de bonne foi, persuadé qu'il occupe dans le monde un rang plus honorable que celui d'un célibataire, se disait M. Folantin, qui se rappelait la gêne et un peu la morgue d'anciens camarades entrevus depuis leur mariage. Tout cela, c'est bien bête ! Et il sourit, car le souvenir de ces compagnons de jeunesse le ramenait forcément au temps où il les fréquentait.

Il avait vingt-deux ans alors et tout l'amusait. Le théâtre lui apparaissait comme un lieu de délices, le café comme un enchantement, et Bullier, avec ses filles cabrant le torse, au son des cymbales et chahutant, le pied, en l'air, l'allumait, car dans son ardeur, il se les figurait déshabillées et voyait sous les pantalons et sous les jupes la chair se mouiller et se tendre. Tout un fumet de femme montait dans des tourbillons de poussière et il restait là, ravi, enviant les gens en chapeaux mous qui cavalcadaient en se tapant sur les cuisses. Lui, boitait, était timide, et n'avait pas d'argent. N'importe, ce supplice était doux, puis de même que bien des pauvres diables, un rien le contentait. Un mot jeté au passage, un sourire lancé par-dessus l'épaule, le rendaient joyeux et, en rentrant chez lui, il rêvait à ces femmes et s'imaginait que celles-là qui l'avaient regardé et qui lui avaient souri étaient meilleures que les autres.

Ah ! si ses appointements avaient été plus élevés ! Dépourvu d'argent comme il l'était, ne pouvant prétendre à lever des filles dans un bal, il s'adressait aux affûts des corridors, aux malheureuses dont le gros ventre bombe au ras du trottoir ; il plongeait dans les couloirs, tâchant de distinguer la figure perdue dans l'ombre ; et la grossièreté de l'enluminure, l'horreur de l'âge, l'ignominie de la toilette et l'abjection de la chambre ne l'arrêtaient point. Ainsi que dans ces gargotes où son bel appétit lui faisait dévorer de basses viandes, sa faim charnelle lui permettait d'accepter les rebuts de l'amour. Il y avait même des soirs où sans le sou, et par conséquent sans espoir de se satisfaire, il traînait dans la rue de Buci, dans la rue de l'Égout, dans la rue du Dragon, dans la rue Neuve-Guillemin, dans la rue Beurrière, pour se frotter à de la femme ; il était heureux d'une invite, et, quand il connaissait une de ces raccrocheuses, il causait avec elle, échangeait le bonsoir, puis il se retirait, par discrétion, de peur d'effaroucher la pratique, et il aspirait après la fin du mois, se promettant, dès qu'il aurait touché son traitement, des bonheurs rares.

Le beau temps ! — Et dire que maintenant qu'il était un peu plus riche, maintenant qu'il pouvait goûter à de meilleures pâtures et s'épuiser sur des couches plus fraîches, il n'avait plus envie de rien ! L'argent était arrivé trop tard, alors qu'aucun plaisir ne le séduisait.

Mais une période intermédiaire avait existé, entre celle où ces turbulences du sang le bouleversaient et celles où, incurieux, presque impuissant, il restait là, chez lui, dans un fauteuil, auprès du feu. Vers les vingt-sept ans, le dégoût l'avait pris des femmes en carte, éparses dans son quartier ; il avait désiré un peu de cajolerie, un peu de caresse ; il avait rêvé de ne plus se précipiter à la hâte sur un divan, mais bien de temporiser et de s'asseoir. Comme ses ressources l'obligeaient à n'entretenir aucune fille, comme il était malingre et ne possédait aucun talent de société, aucune gaieté libertine, aucun bagou, il avait pu, tout à son aise, réfléchir sur la bonté d'une Providence qui donne argent, honneur, santé, femme, tout aux uns et rien aux autres. Il avait dû se contenter encore de banales dînettes, mais comme il payait davantage, il était expédié dans des salles plus propres et dans des linges plus blancs.

Une fois, il s'était cru heureux ; il avait fait connaissance d'une fillette qui travaillait ; celle-là lui avait bien distribué des à-peu-près de tendresse, mais, du soir au lendemain, sans motifs, elle l'avait lâché, lui laissant un souvenir dont il eut de la peine à se guérir ; il frémissait, se rappelant cette époque de souffrances où il fallait quand même aller à son bureau et quand même marcher. Il est vrai qu'il était encore jeune et qu'au lieu de s'adresser au premier médecin venu, il avait eu recours aux charlatans, sans tenir compte des inscriptions qui rayaient leurs affiches dans les rambuteaux, des inscriptions véridiques comme celle-ci : « remède dé puratif... » oui, pour la bourse ; — menaçantes comme celle-là : « on perd ses cheveux » ; — philosophiques et résignées comme cette autre : « vaut encore mieux coucher avec sa femme » ; — et, partout, l'adjectif gratuit accolé au mot traitement était biffé, creusé, ravagé à coups de couteaux, par des gens qu'on sentait avoir accompli cette besogne avec conviction et avec rage.

Maintenant les amours étaient bien finies, les élans bien réprimés ; aux halètements, aux fièvres, avaient succédé une continence, une paix profondes ; mais aussi quel abominable vide s'était creusé dans son existence depuis le moment où les questions sensuelles n'y avaient plus tenu de place !

— Tout cela ce n'est pas risible, pensait M. Folantin, en hochant la tête et il ajoura son feu. — On gèle ici, murmura-t-il, c'est dommage que le bois soit si cher, quelles belles flambées on ferait ! — Et cette réflexion l'amena à songer au bois qu'on leur distribuait à gogo, au ministère, puis à l'administration elle-même et enfin à son bureau.

Là encore, ses illusions avaient été de courte durée. Après avoir cru qu'on arrivait à des positions supérieures par la bonne conduite et le travail, il s'aperçut que la protection était tout ; les employés nés en province étaient soutenus par leurs députés et ils arrivaient quand même. Lui, était né à Paris, il n'était aidé par aucun personnage, il demeura simple expéditionnaire et il copia et recopia, pendant des années, des monceaux de dépêches, traça d'innombrables barres de jonction, bâtit des masses d'états, répéta des milliers de fois les invariables salutations des protocoles ; à ce jeu, son zèle se refroidit et maintenant, sans attente de gratifications, sans espoir d'avancements, il était peu diligent et peu dévoué.

Avec ses 237 fr. 40 c. par mois, jamais il n'avait pu s'installer dans un logement commode, prendre une bonne, se régaler, les pieds au chaud, dans des pantoufles ; un essai malheureux tenté, un jour de lassitude, en dépit de toute vraisemblance, de tout bon sens, avait été d'ailleurs décisif et, au bout de deux mois, il avait dû naviguer de nouveau, au travers des restaurants, s'estimant encore satisfait d'être débarrassé de sa femme de ménage, Mme Chabanel, une vieillesse haute de six pieds, aux lèvres velues et aux yeux obscènes plantés au-dessus de bajoues flasques. C'était une sorte de vivandière qui bâfrait comme un roulier et buvait comme quatre ; elle cuisinait mal et sa familiarité dépassait les bornes du possible. Elle posait les plats, bout-ci, bout-là, sur la table, puis s'asseyait en face de son maître, faisant chapelle sous ses jupes et roussinait, en rigolant le bonnet de côté et les mains aux hanches.

Impossible d'être servi ; mais M. Folantin eût peut-être encore supporté cet humiliant sans-gêne, si cette étonnante dame ne l'avait dévalisé ainsi que dans un bois ; les gilets de flanelle et les chaussettes disparaissaient, les savates devenaient introuvables, les alcools se volatilisaient, les allumettes même brûlaient toutes seules.

Il avait pourtant fallu mettre un terme à cet état de choses ; aussi, M. Folantin rassembla son courage et, de peur que cette femme ne le pillât complètement pendant son absence, il brusqua la scène et, un soir, séance tenante, il la congédia.

Mme Chabanel devint cramoisie et sa bouche béa, vidée de dents ; puis elle se mit à gigoter et à battre de l'aile lorsque M. Folantin dit d'un ton aimable :

— Puisque je ne mangerai plus désormais chez moi, je préfère vous faire profiter des provisions qui restent plutôt que les perdre ; nous allons donc, si vous le voulez bien, les passer en revue, ensemble.

Et alors il avait ouvert les armoires.

— Ça, c'est un sac de café et cette bouteille contient de l'eau-de-vie, n'est-ce pas ?

— Oui, Monsieur, c'en est, avait gémi Mme Chabanel.

— Eh bien, c'est bon à conserver et je la garde, disait M. Folantin, et ainsi de tout ; la mère Chabanel n'héritait en fin de compte que de deux sous de vinaigre, d'une poignée de sel gris et d'un petit verre d'huile à lampe.

Ouf ! s'était écrié M. Folantin, alors que cette femme descendait l'escalier, en trébuchant contre les marches ; mais sa joie s'était vite éteinte ; depuis ce temps-là, son intérieur avait marché tout de guingois. La veuve Chabanel avait été remplacée par le concierge, qui trépignait le lit de coups de poing et apprivoisait les araignées dont il ménageait les toiles.

Depuis ce temps, la victuaille avait été aussi invraisemblable qu'indécise ; les stations chez les nourrisseurs du quartier n'avaient plus cessé et son estomac s'était rouillé ; la période des eaux de Saint-Galmier et des eaux de Seltz, de la moutarde masquant le goût faisandé des viandes et attisant la froide lessive des sauces, était venue.

À force d'évoquer toute la séquelle de ces souvenirs, M. Folantin tomba dans une affreuse mélancolie. Il avait subi vaillamment, depuis des années, la solitude, mais, ce soir-là, il s'avoua vaincu; il regretta de ne pas s'être marié et il retourna contre lui les arguments qu'il débitait quand il prêchait le célibat pour les gens pauvres. — Eh bien, quoi? les enfants, on les élèverait, on se serrerait un peu plus le ventre. — Parbleu, je ferais comme les autre, je m'attellerais à des copies, le soir, pour que ma femme fût mieux mise; nous mangerions de la viande le matin seulement et, de même que la plupart des petits ménages, nous nous contenterions au dîner d'une assiettée de soupe. Qu'est-ce que toutes ces privations à côté de l'existence organisée, de la soirée passée entre son enfant et sa femme, de la nourriture peu abondante mais vraiment saine, du linge raccommodé, du linge blanchi et rapporté à des heures fixes? — Ah! le blanchissage, quel aria pour un garçon! — On me visite quand on a le temps et l'on m'apporte des chemises molles et bleues, des mouchoirs en loques, des chaussettes criblées de trous comme des écumoires et l'on se fiche de moi lorsque je me fâche! — Et puis, comment tout cela finira-t-il, à l'hospice ou à la maison Dubois, si la maladie se prolonge; ici, invoquant la pitié d'une garde-malade, si la mort est prompte.

Trop tard... plus de virilité, le mariage est impossible. Décidément, j'ai raté ma vie. — Allons, ce que j'ai de mieux à faire, soupira M. Folantin, c'est encore de me coucher et de dormir. — Et, pendant qu'il ouvrait ses couvertures, et disposait ses oreillers, des actions de grâces s'élevèrent dans son âme, célébrant les pacifiants bienfaits du secourable lit.

II

Ni le lendemain, ni le surlendemain, la tristesse de M. Folantin ne se dissipa ; il se laissait aller à vau-l'eau, incapable de réagir contre ce spleen qui l'écrasait. Mécaniquement, sous le ciel pluvieux, il se rendait à son bureau, le quittait, mangeait et se couchait à neuf heures pour recommencer, le jour suivant, une vie pareille ; peu à peu, il glissait à un alourdissement absolu d'esprit.

Puis, il eut, un beau matin, un réveil. Il lui sembla qu'il sortait d'une léthargie ; le temps était clair et le soleil frappait les vitres damasquinées de givre ; l'hiver reprenait, mais lumineux et sec ; M. Folantin se leva, en murmurant : fichtre, ça pince ! Il se sentait ragaillardi. Ce n'est pas tout cela, il s'agirait de trouver un remède aux attaques d'hypocondrie, se dit-il.

Après de longues délibérations, il se décida à ne plus vivre ainsi enfermé et à varier ses restaurants. Seulement, si ces résolutions étaient faciles à concevoir, elles étaient, en revanche, difficiles à mettre en pratique. Il demeurait rue des Saint-Pères et les restaurants manquaient. Le VIe arrondissement était impitoyable au célibat. Il fallait être ordonné prêtre pour trouver des ressources, des dîners spéciaux dans des tables d'hôtes réservées aux ecclésiastiques, pour vivre dans ce lacis de rues qui enveloppent l'église de Saint-Sulpice. Hors la religion, point de mangeaille, à moins d'être riche et de pouvoir fréquenter des maisons huppées ; M. Folantin, ne remplissant pas ces conditions, devait se borner à prendre ses repas chez les quelques traiteurs disséminés, çà et là, dans son voisinage. Décidément, il semblait que cette partie de l'arrondissement ne fût habitée que par des concubins ou des gens mariés. Si j'avais le courage de l'abandonner, soupirait de temps à autre M. Folantin. Mais son bureau était là, puis il y était né, sa famille y avait constamment vécu ; tous ses souvenirs tenaient dans cet ancien coin tranquille, déjà défiguré par des percées de nouvelles rues, par de funèbres boulevards, rissolés l'été et glacés l'hiver, par de mornes avenues qui avaient américanisé l'aspect du quartier et détruit pour jamais son allure intime, sans lui avoir apporté en échange des avantages de confortable, de gaîté et de vie.

Il faudrait traverser l'eau pour dîner, se répétait M. Folantin, mais un profond dégoût le saisissait dès qu'il franchissait la rive gauche ; puis il avait peine à marcher avec sa jambe qui clo-

chait, et il abominait les omnibus. Enfin, l'idée
de faire des étapes, le soir, pour chercher
pâture, l'horripila. Il préféra tâter de tous les
marchands de vins, de tous les bouillons qu'il
n'avait pas encore visités, dans les alentours de
son domicile.

Et tout aussitôt il déserta le gargot où il mangeait d'habitude ; il hanta d'abord les bouillons,
eut recours aux filles dont les costumes de sœur
évoquent l'idée d'un réfectoire d'hôpital. Il y
dîna quelques jours, et sa faim, déjà rabrouée
par les graillonnants effluves de la pièce, se
refusa à entamer des viandes insipides, encore
affadies par les cataplasmes des chicorées et
des épinards. Quelle tristesse dégageaient ces
marbres froid, ces tables de poupées, cette
immuable carte, ces parts infinitésimales, ces
bouchées de pain ! Serrés en deux rangs placés
en vis-à-vis, les clients paraissaient jouer aux
échecs, disposant leurs ustensiles, leurs bouteilles, leurs verres, les uns au travers des autres,
faute de place ; et, le nez dans un journal,
M. Folantin enviait les solides mâchoires de ses
partners qui broyaient les filaments des aloyaux
dont les chairs fuyaient sous la fourchette. Par
dégoût des viandes cuites au four, il se rabattait
sur les œufs ; il les réclamait sur le plat et
très cuits ; généralement, on les lui apportait
presque crus et il s'efforçait d'éponger avec de
la mie de pain, de recueillir avec une petite
cuiller le jaune qui se noyait dans des tas de

glaires. C'était mauvais, c'était cher et surtout c'était attristant. En voilà assez, se dit M. Folantin, essayons d'autre chose.

Mais partout il en était de même ; les inconvénients variaient en même temps que les râteliers ; chez les marchands de vins distingués, la nourriture était meilleure, le vin moins âpre, les parts plus copieuses, mais en thèse générale, le repas durait deux heures, le garçon étant occupé à servir les ivrognes postés en bas devant le comptoir ; d'ailleurs, dans ce déplorable quartier, la boustifaille se composait d'un ordinaire, de côtelettes et de beefsteaks qu'on payait bon prix parce que, pour ne pas vous mettre avec les ouvriers, le patron vous enfermait dans une salle à part et allumait deux branches de gaz.

Enfin, en descendant plus bas, en fréquentant les purs mannezingues ou les bibines de dernier ordre, la compagnie était répulsive et la saleté stupéfiante ; la carne fétidait, les verres avaient des ronds de bouches encore marqués, les couteaux était dépolis et gras et les couverts conservaient dans leurs filets le jaune des œufs mangés.

M. Folantin se demanda si le changement était profitable, attendu que le vin était partout chargé de litharge et coupé d'eau de pompe, que les œufs n'étaient jamais cuits comme on les désirait, que la viande était partout privée de suc, que les légumes cuits à l'eau ressemblaient aux vestiges des maisons centrales ; mais il s'entêta ; « à force de chercher, je trouverai peut-être », et il continua à rôder par les cabarets, par les crémeries ; seulement, au lieu de se débiliter, sa lassitude s'accrut, surtout quand, descendant de chez lui, il aspirait, dans les escaliers, l'odeur des potages, il voyait des raies de lumière sous les portes, il rencontrait des gens venant de la cave, avec des bouteilles, il entendait des pas affairés courir dans les pièces ; tout, jusqu'au parfum qui s'échappait de la loge de son concierge, assis, les coudes sur la table, et la visière de sa casquette ternie par la buée montant de sa jatte de soupe, avivait ses regrets. Il en arrivait presque à se repentir d'avoir balayé la mère Chabanel, cet odieux cent-garde. — Si j'avais eu les moyens, je l'aurais gardée, malgré ses désolantes mœurs, se dit-il.

Et il se désespérait, car à ses ennuis moraux se joignait maintenant le délabrement physique. À force de ne pas se nourrir, sa santé, déjà frêle, chavirait. Il se mit au fer, mais toutes les préparations martiales qu'il avala lui noircirent, sans résultat appréciable, les entrailles. Alors il adopta l'arsenic, mais le Fowler lui éreinta l'estomac et ne le fortifia point ; enfin il usa, en dernier ressort, des quinquinas qui l'incendièrent ; puis il mêla le tout, associant ces substances les unes aux autres, ce fut peine perdue ; ses appointements s'y épuisaient ; c'étaient chez lui des masses de boîtes, de topettes, de fioles, une pharmacie en chambre, contenant tous les citrates, les phosphates, les proto-carbonates, les

lactates, les sulfates de protoxyde, les iodures et
les proto-iodures de fer, les liqueurs de Pearson,
les solutions de Devergie, les granules de Dios-
coride, les pilules d'arséniate de soude et d'arséniate d'or, les vins de gentiane et de quinium,
de coca et de colombo !

Dire que tout cela c'est de la blague et que
d'argent perdu ! soupirait M. Folantin, en regardant piteusement ces vains achats, et, bien qu'il
n'eût pas voix au chapitre, le concierge était de
cet avis ; seulement il époussetait la chambre,
plus mal encore, sentant son mépris d'homme
robuste s'accroître pour ce locataire étique qui
ne vivait plus qu'en avalant des drogues.

En attendant, l'existence de M. Folantin per-
sistait à être monotone. Il n'avait pu se décider
à rentrer dans son premier restaurant ; une fois
il était allé jusqu'à la porte, mais, arrivé là,
l'odeur des grillades et la vue d'une bassine de
crème violette au chocolat, l'avaient fait fuir.
Il alternait marchands de vins et bouillons et,
un jour par semaine, il s'échouait dans une
fabrique de bouillabaisse. Le potage et le pois-
son étaient passables ; mais il ne fallait point
réclamer d'autre pitance, les viandes étant rata-
tinées comme des semelles de bottes et tous les
plats dégageant l'âcre goût des huiles à lampes.

Pour se raiguiser l'appétit, encore émoussé
par les abjects apéritifs des cafés : — les
absinthes puant le cuivre ; les vermouths : la
vidange des vins blancs aigris ; les madères : le

trois-six coupé de caramel et de mélasse ; les
malagas : les sauces des pruneaux au vin ; les bit-
ters : l'eau de Botot à bas prix des herboristes ;
— M. Folantin essaya d'un excitant qui lui réus-
sissait dans son enfance ; tous les deux jours, il
se rendit aux bains. Cet exercice lui plaisait surtout parce que ayant deux heures à tuer, entre
la sortie de son bureau et son repas, il évitait
ainsi de rentrer chez lui, de demeurer tout
botté, tout habillé, consultant sa pendule, attendant l'heure du dîner. Et, les premières fois, ce
furent des moments délicieux. Il se blottissait
dans l'eau chaude, s'amusait à soulever avec ses
doigts des tempêtes et à creuser des maelströms.
Doucement, il s'assoupissait, au bruit argentin
des gouttes tombant des becs-de-cygnes et dessi-
nant de grands cercles qui se brisaient contre les
parois de la baignoire ; tressautant, alors que
des coups furieux de sonnettes partaient dans
les couloirs, suivis de bruits de pas et de claque-
ments de portes. Puis le silence reprenait avec le
doux clapotis des robinets, et toutes ses détresses
fuyaient à la dérive ; dans la cabine, voilée d'une
vapeur d'eau, il rêvassait et ses pensées s'opa-
lisaient avec la buée, devenaient affables et
diffuses. Au fond, tout était pour le mieux ; il
s'embêtait. Eh ! mon Dieu, chacun n'a-t-il pas ses
ennuis ? Il avait, dans tous les cas, évité les
plus douloureux, les plus poignants, ceux du
mariage. Il fallait que je fusse bien bas, le soir où
j'ai pleuré sur mon célibat, se dit-il. Voyez-vous

cela, moi, qui aime tant à m'étendre, en chien
de fusil, dans les draps, forcé de ne pas bouger,
de subir le contact d'une femme, à toutes les
époques, de la contenter alors que je souhaite-
rais simplement de dormir !

Et encore, si l'on ne procréait aucun enfant !
si la femme était vraiment stérile ou bien
adroite, il n'y aurait que demi-mal ! — mais,
est-on jamais sûr de rien ! et alors ce sont de per-
pétuelles nuits blanches, d'incessantes inquiétudes. Le gosse braille, un jour, parce qu'il lui
pousse une quenotte ; un autre jour, parce qu'il
ne lui en pousse pas ; ça pue le lait sûr et le pipi,
par toute la chambre ; enfin, il faudrait au moins
tomber sur une femme aimable, sur une bonne
fille ; oui, va-t'en voir si elles viennent, Jean ; avec
ma déveine coutumière, j'aurais épousé une
pimbêche, une petite chipie, qui m'aurait inta-
rissablement reproché les gênes utérines surve-
nues après ses couches.

Non, il faut être juste : chaque état a ses
inquiétudes et ses tracas ; et puis, c'est une
lâcheté lorsqu'on n'a pas de fortune que d'en-
fanter des mioches ! — C'est les vouer au mépris
des autres quand ils seront grands ; c'est les jeter
dans une dégoûtante lutte, sans défense et sans
armes ; c'est persécuter et châtier des innocents
à qui l'on impose de recommencer la misérable
vie de leur père. — Ah ! au moins, la génération
des tristes Folantin, s'éteindra avec moi ! — Et,
consolé, M. Folantin lapait sans se plaindre, une

fois sorti du bain, l'eau de vaisselle de son bouillon, et déchiquetait l'amadou mouillé de sa viande.

Tant bien que mal, il atteignait la fin de l'hiver et la vie devint plus indulgente ; l'intimité des intérieurs cessait et M. Folantin ne regretta plus si vivement les douillettes somnolences au coin du feu ; ses promenades le long des quais recommencèrent.

Déjà les arbres se dentelaient de petites feuilles jaunes ; la Seine, réverbérant l'azur pommelé du ciel, coulait avec de grandes plaques bleues et blanches que coupaient, en les brouillant d'écume, les bateaux-mouches. Le décor environnant semblait requinqué. Les deux immenses portants, représentant, l'un, le pavillon de Flore et toute la façade du Louvre ; l'autre, la ligne des hautes maisons jusqu'au Palais de l'Institut, avaient été ranimés et comme repeints et la toile du fond, de nouveau tendue, découpait sur un outremer adouci, tout neuf, les poivrières du Palais de Justice, l'aiguille de la Sainte-Chapelle, la vrille et les tours de Notre-Dame.

M. Folantin adorait cette partie du quai, comprise entre la rue du Bac et la rue Dauphine ; il choisissait un cigare, dans le débit de tabac situé près de la rue de Beaune, et il musait, à petits pas, allant un jour à gauche, fouillant les boîtes des parapets, et un autre jour à droite, consultant les rayons, en plein vent, des livres en boutique.

La plupart des volumes entassés dans les caisses étaient des rancarts de librairie, des rossignols sans valeur, des romans morts-nés, mettant en scène des femmes du grand monde, racontant, dans un langage de pipelette, les accidents de l'amour tragique, les duels, les assassinats et les suicides ; d'autres soutenaient des thèses, attribuaient tous les vices aux gens titrés, toutes les vertus aux gens du peuple ; d'autres enfin poursuivaient un but religieux ; ils étaient revêtus de l'approbation de Monseigneur un tel et ils délayaient des cuillerées d'eau bénite dans le mucilage d'une gluante prose.

Tous ces romans avaient été rédigés par d'incontestables imbéciles et M. Folantin filait vite, ne reprenant haleine que devant les volumes de vers qui battaient de l'aile à toutes les brises. Ceux-là étaient moins dépiotés et moins souillés, attendu que personne ne les ouvrait. Une charitable pitié venait à M. Folantin pour ces recueils délaissés. Et il y en avait, il y en avait ! des vieux datant de l'entrée de Malekadel dans la littérature, des jeunes, issus de l'école d'Hugo, chantant le doux Messidor, les bois ombreux, les divins charmes d'une jeune personne qui, dans la vie privée, faisait probablement la retape. Et tout cela avait été lu en petit comité et les pauvres écrivains s'étaient réjouis. Mon Dieu ! ils ne s'attendaient pas à un retentissant succès, à une vente populaire, mais seulement à un petit bravo de la part des délicats et des lettrés ; et rien ne s'était produit, pas même un peu d'estime. Par ici, par là, une louange banale dans une feuille de chou, une ridicule lettre du Grand-Maître pieusement conservée, et ç'avait été tout.

Ce qu'il y a de plus triste, pensait M. Folantin, c'est que ces malheureux peuvent justement exécrer le public, car la justice littéraire n'existe pas ; leurs vers ne sont ni meilleurs, ni pires que ceux qui se sont vendus et qui ont mené leurs auteurs à l'Institut.

Tout en rêvant de la sorte, M. Folantin rallumait son cigare, reconnaissait les bouquinistes qui, bavards et hâlés, se tenaient, comme l'année précédente, près de leurs boîtes. Il reconnaissait aussi les bibliomanes qui piétinaient, au dernier printemps, tout le long des parapets, et la vue de ces individus qu'il ne connaissait pas le charmait. Tous lui étaient sympathiques ; il devinait en eux de bons maniaques, de braves gens tranquilles, passant dans la vie, sans bruit, et il les enviait. Si j'étais comme eux, songeait-il ; et déjà, il avait tenté de les imiter, de devenir bibliophile. Il avait consulté des catalogues, feuilleté des dictionnaires, des publications spéciales, mais il n'avait jamais découvert de pièces curieuses et il devinait d'ailleurs que leur possession ne comblerait pas ce trou d'ennui qui se creusait lentement, dans tout son être. — Hélas ! le goût des livres ne s'apprenait pas, et puis, en

dehors des éditions épuisées que ses faibles ressources lui interdisaient d'acheter, M. Folantin
n'avait guère de volumes à se procurer. Il n'aimait ni les romans de cape et d'épée, ni les
romans d'aventure ; d'un autre côté, il abominait le bouillon de veau des Cherbuliez et des
Feuillet ; il ne s'attachait qu'aux choses de la vie
réelle ; aussi sa bibliothèque était restreinte, cinquante volumes en tout, qu'il savait par cœur. Et
ce n'était pas l'un de ses moindres chagrins que
cette disette de livres à lire ! En vain, il avait
essayé de s'intéresser à l'histoire ; toutes ces
explications compliquées de choses simples ne
l'avaient ni captivé, ni convaincu. Vaguement il
furetait, n'espérant plus dépister un bouquin
qu'il joindrait aux siens. Mais cette promenade
le distrayait, puis, quand il était las de remuer la
poussière des imprimés, il se penchait au-dessus
des berges et la vue des bateaux aux coques gou-
dronnées, aux cabines peintes en vert poireau,
au grand mât abattu sur le pont, lui plaisait : il
demeurait là, enchanté, contemplant la cocotte
mijotant sur un poêle de fonte, à l'air, l'éternel
chien noir et blanc courant, la queue en trom-
pette, le long des péniches ; les enfants très
blonds, assis près du gouvernail, les cheveux sur
les yeux et les doigts dans la bouche.

Ce serait gai de vivre ainsi, pensait-il, souriant,
malgré lui, de ces envies puériles, et il sympa-
thisait même avec les pêcheurs à la ligne, immo-

biles, en rang d'oignons, séparés par des boîtes
d'asticots les uns des autres.

Ces soirs-là, il se sentait plus dispos et plus
vert. Il consultait sa montre et si l'heure du
dîner était lointaine encore, il traversait la
chaussée, suivait le trottoir qui faisait face à celui
qu'il venait de quitter et il remontait le long des
maisons. Il flânait fouillonnant encore des livres
dont les dos s'alignaient aux devantures des boutiques, s'extasiant sur d'anciennes reliures aux
plats de maroquin rouge, estampés d'armes en
or ; mais celles-là étaient enfermées sous verre,
comme des choses précieuses que des initiés
pouvaient seuls toucher ; et il repartait, examinait les magasins pleins de vieux chênes si bien
réparés qu'ils ne conservaient plus un morceau
du temps, les assiettes de vieux Rouen fabriquées aux Batignolles, les grands plats de Mous-
tiers cuits à Versailles, les tableaux d'Hobbema,
le petit ru, le moulin à eau, la maison coiffée de
tuiles rouges, éventées par un bouquet d'arbres
enveloppé dans un coup de lumière jaune ; des
tableaux étonnamment imités par un peintre,
entré dans la peau du vieux Minderhout, mais
incapable de s'assimiler la manière d'un autre
maître ou de produire, de son crû, la moindre
toile ; et M. Folantin essayait de percer la profondeur des boutiques, d'un coup d'œil au travers des portes ; jamais il n'y voyait de chalands ;
seule, une vieille femme était généralement
assise, dans le pêle-mêle des objets où elle s'était

réservé une niche, et, ennuyée, elle ouvrait la
bouche en un long bâillement qui se communi-
quait au chat campé sur une console.

C'est drôle tout de même, se disait M. Folantin, comme les marchandes de bric-à-brac chan-
gent. Les rares fois où j'ai cheminé au travers des
quartiers de la rive droite, je n'ai jamais vu, dans
les débits de bibelots, de bonnes vieilles dames
comme celle-ci, mais j'ai toujours aperçu derrière les vitrines de belles et hautes gaillardes, de
trente à quarante ans, soigneusement pomma-
dées et la figure très travaillée au plâtre.

Une vague odeur de prostitution s'échappait
de ces magasins où les œillades de la négo-
ciante devaient abréger les marchandages des
acheteurs. — Allons, le bon enfant disparaît ;
d'ailleurs, les centres se déplacent ; maintenant
tous les antiquaires, tous les vendeurs des livres
de luxe végètent dans ce quartier et ils fuient,
dès que leurs baux expirent, de l'autre côté du
fleuve. Dans dix ans d'ici, les brasseries et les
cafés auront envahi tous les rez-de-chaussée du
quai ! Ah ! décidément Paris devient un Chicago
sinistre ! — Et, tout mélancolisé, M. Folantin se
répétait : profitons du temps qui nous reste
avant la définitive invasion de la grande mufle-
rie du Nouveau Monde ! — Et il reprenait
ses flânes, s'arrêtant devant les marchands d'estampes aux montres tendues d'images du
XVIIIe siècle, mais au fond les gravures en couleur
de cette époque et les gravures à la manière

noire anglaise qui les flanquaient, dans la plupart des étalages, ne le passionnaient guère et il regrettait les estampes de la vie intime flamande, maintenant reléguées dans les cartons, par suite de l'engouement des collectionneurs pour l'école française.

Quand il était las de baguenauder devant ces boutiques, il entrait, pour varier ses plaisirs, dans la salle des dépêches d'un journal, une salle garnie de dessins et de peintures représentant des Italiennes et des almées, des bébés embrassés par des mères, des pages Moyen Âge grattant de la mandoline sous des balcons, toute une série évidemment, destinée à l'ornementation des abat-jour, et il se détournait, passait, préférant encore regarder les photographies d'assassins, de généraux et d'actrices, de tous les gens qu'un crime, qu'un massacre ou qu'une chansonnette mettait pendant une semaine en évidence.

Mais ces exhibitions étaient, en somme, peu récréatives, et M. Folantin, gagnant la rue de Beaune, admirait davantage l'inébranlable appétit des cochers attablés chez des mastroquets et il prenait comme une prise de faim. Ces platées de bœuf reposant sur des lits épais de choux, ces haricots de mouton emplissant la petite et massive assiette, ces triangles de brie, ces verres pleins, lui communiquaient des fringales et ces gens aux joues gonflées par d'énormes bouchées de pain, aux grosses mains tenant un couteau la pointe en l'air, au chapeau de cuir bouilli montant et descendant en même temps que les mâchoires, l'excitaient et il filait, tâchant de conserver cette impression de voracité pendant la route ; malheureusement dès qu'il s'installait dans le restaurant, sa forge se recroquevillait, et il contemplait piteusement sa viande, se demandant à quoi servait le quassia qui marinait, à son bureau, dans une carafe.

Malgré tout, cette promenade écartait les pensées trop sombres et il écoula ainsi l'été, traînant le long de la Seine, avant le dîner et, une fois sorti de table, s'attablant à la porte d'un café. Il fumait, humant un peu de fraîcheur, et malgré le dégoût que lui inspiraient les bières de Vienne fabriquées avec du chipotin et de l'eau de buis, sur la route de Flandre, il en lapait deux bocks, peu désireux de se mettre au lit.

La journée même, pendant cette saison, était moins lourde à vivre. En manches de chemise, dans sa pièce, il somnolait, entendant confusément les histoires de son collègue, se réveillant pour s'éventer avec un almanach, travaillant le moins possible, combinant des promenades. L'ennui de quitter, l'hiver, son bureau chauffé, pour courir au-dehors, dîner, les pieds trempés, et rentrer dans une chambre froide, n'existait plus. Au contraire, il éprouvait un soulagement en s'échappant de sa pièce empuantie par cette odeur de poussière et de renfermé que dégagent les cartons, les liasses et les pots d'encre.

Enfin, son intérieur était mieux tenu ; le por-

tier n'avait plus à préparer le feu et si le lit conti-
nuait à être mal battu et pas bordé, peu impor-
tait, puisque M. Folantin couchait nu sur les
draps et les couvertures.

La pensée de s'étendre seul, par ces nuits
d'orage où l'on sue comme dans une étuve,
où l'on se retourne dans des draps poissés, le
réjouissait aussi. Je plains les gens qui sont
à deux, se disait-il, en roulant sur le lit, à la
recherche d'une place plus fraîche. Et la destinée lui semblait, à ces moments-là, plus hospi-
talière, moins rétive.

III

Bientôt les chaleurs accablantes s'atténuèrent, les longues journées s'écourtèrent, l'air fraîchit, les ciels faisandés perdirent leur bleu, se peluchèrent comme de moisissure. L'automne revenait, ramenant les brouillards et les pluies ; M. Folantin prévit d'inexorables soirées et, effrayé, il dressa de nouveau ses plans.

D'abord il se résolut à rompre avec sa sauvagerie, à tâter des tables d'hôtes, à se lier avec des voisins d'assiettes, à fréquenter même les théâtres.

Il fut servi à souhait ; il rencontra, un jour, sur le seuil de son bureau, un monsieur qu'il connaissait. Ils avaient, pendant un an, mangé côte-à-côte, se préservant, l'un l'autre, des mets défectueux ou gâtés, se prêtant le journal, discutant sur les vertus des fers différents qu'ils avalaient, buvant, pendant un mois, ensemble, de l'eau de goudron, émettant des pronostics sur les changements de temps, cherchant, à eux deux, des alliances diplomatiques pour la France.

Leurs relations s'étaient bornées là. Ils se donnaient une poignée de main, se tournaient le dos une fois sur le trottoir, et cependant le départ de ce coreligionnaire avait attristé M. Folantin.

Ce fut avec plaisir qu'il l'aperçut.

— Tiens, M. Martinet, dit-il, comment va?

— M. Folantin! bah! — et comment vous portez-vous, depuis les temps fous que nous ne nous sommes vus?

— Ah! vous êtes un joli lâcheur, riposta M. Folantin. Voyons, que diable êtes-vous devenu?

Et ils avaient échangé leurs confidences, M. Martinet était maintenant l'hôte assidu d'une table d'hôte et il en fit immédiatement un chimérique éloge. Quatre-vingt-dix à cent francs, par mois; c'est propre, bien tenu; on en a à sa faim, on se trouve en bonne compagnie. Vous devriez venir dîner là?

— Je n'aime guère la table d'hôte, disait M. Folantin; je suis un peu ours, vous le savez; je ne puis me décider à converser avec les gens que je ne connais point.

— Mais vous n'êtes pas forcé de parler. Vous êtes chez vous. L'on n'est pas tous autour d'une table, c'est la même chose que dans un grand restaurant. Tenez, essayez-en, venez ce soir.

M. Folantin hésita; il balançait entre l'agré-

ment de ne pas se repaître seul et la crainte que
lui inspiraient les repas de corps.

— Allons ! vous n'allez pas refuser, insista
M. Martinet. Je vais vous traiter, à mon tour, de
lâcheur si, pour une fois que je vous rencontre,
vous me laissez en plan.

M. Folantin eut peur d'être malhonnête et il
suivit docilement son compagnon, au travers des
rues. — Nous y voici, montons. — Et M. Martinet s'arrêta sur le palier, devant une porte à tambour vert.

Là sonnaient de grands bruits d'assiettes sur
un bourdonnement ininterrompu de voix ; puis
la porte s'ouvrit et, en même temps qu'un vio-
lent hourvari, des gens en chapeau se précipitè-
rent dans l'escalier en battant la rampe avec
leurs cannes.

M. Folantin et son camarade se garèrent, puis
ils poussèrent à leur tour la porte et s'introdui-
sirent dans une salle de billard. M. Folantin, pris
à la gorge, recula. Cette pièce était noyée dans
une épaisse fumée de tabac, traversée par des
coups de queues ; M. Martinet entraîna son
invité dans une autre pièce, où la buée était
peut-être plus intense encore, et çà et là, dans
des chants de pipes bouchées, dans des écrou-
lements de dominos, dans des éclats de rire, des
corps passaient presque invisibles, devinés seulement par le déplacement de vapeur qu'ils opé-
raient. M. Folantin resta là, ahuri, cherchant à
tâtons une chaise.

M. Martinet l'avait quitté. Vaguement, dans un nuage, M. Folantin l'aperçut, sortant d'une porte. Il faut attendre un peu, dit M. Martinet, toutes les tables sont pleines ; oh, ce ne sera pas long !

Une demi-heure s'écoula. M. Folantin eût donné bien des choses pour n'avoir jamais mis le pied dans cet estaminet, où l'on pouvait fumer, mais où l'on ne se nourrissait pas. De temps à autre, M. Martinet s'échappait et allait s'assurer que les sièges étaient toujours occupés. Il y a deux messieurs qui en sont au fromage, dit-il d'un air satisfait, j'ai retenu leurs places.

Une autre demi-heure s'écoula. M. Folantin se demanda s'il ne ferait pas bien de se diriger vers l'escalier tandis que son compagnon guettait les tables. Enfin, M. Martinet revint, lui annonça le départ des deux fromages et ils pénétrèrent dans une troisième pièce où ils s'assirent, serrés comme des harengs dans une caque.

Sur la nappe tiède, dans les éclaboussures de sauce, dans les mies de pain, on leur jeta des assiettes, et l'on servit un bœuf coriace et résistant, des légumes fades, un rosbif dont les chairs élastiques pliaient sous le couteau, une salade et du dessert. Cette salle rappela à M. Folantin le réfectoire d'une pension, mais d'une pension mal tenue, où on laisse brailler à table. Il n'y manquait vraiment que les timbales au fond rougi par l'abondance, et l'assiette retournée

pour étaler sur une place moins sale les pruneaux ou les confitures.

Certes, la pâture et le vin étaient misérables,
mais ce qui était plus misérable que la pâture et
plus misérable que le vin, c'était la compagnie
au milieu de laquelle on mâchait ; c'étaient les
maigres servantes qui apportaient les plats, des
femmes sèches, aux traits accentués et sévères,
aux yeux hostiles. Une complète impuissance
vous venait, en les regardant ; on se sentait
surveillé et l'on mangeait, découragé, avec
ménagement, n'osant laisser les tirants et les
peaux, de peur d'une semonce, appréhendant
de reprendre d'un plat, sous ces yeux qui jau-
geaient votre faim et vous la refoulaient au fond
du ventre.

— Eh bien, que vous disais-je, affirmait
M. Martinet, c'est gai, n'est-ce pas ? et, ici, c'est
de la vraie viande.

M. Folantin ne soufflait mot ; autour de lui, les
tables vacarmaient avec un bruit terrible.

Toutes les races du Midi emplissaient les
sièges, crachaient et se vautraient, en mugissant.
Tous les gens de la Provence, de la Lozère, de
la Gascogne, du Languedoc, tous ces gens, aux
joues obscurcies par des copeaux d'ébène, aux
narines et aux doigts poilus, aux voix retentis-
santes, s'esclaffaient comme des forcenés, et
leur accent, souligné par des gestes d'épilep-
tiques, hachait les phrases et vous les enfournait,
toutes broyées, dans le tympan.

Presque tous faisaient partie de la jeunesse des écoles, de cette glorieuse jeunesse dont les idées subalternes assurent aux classes dirigeantes l'immortel recrutement de leur sottise ; M. Folantin voyait défiler devant lui tous les lieux communs, toutes les calembredaines, toutes les opinions littéraires surannées, tous les paradoxes usés par cent ans d'âge.

Il jugeait l'esprit des ouvriers plus délicat et celui des calicots plus fin. Avec cela, la chaleur était écrasante. Une vapeur couvrait les assiettes et voilait les verres ; les portes brusquement secouées envoyaient des exhalaisons de tabagie ; des troupeaux d'étudiants arrivaient encore et leur attente impatientée pressait les gens à table. De même que dans le buffet d'une gare, il fallait mettre les bouchées doubles, avaler son vin en toute hâte.

Ainsi, c'est là la fameuse table d'hôte qui distribuait jadis la becquée aux débutants de la politique, songeait M. Folantin, et, la pensée que ces gens qui emplissaient les salles de leur bacchanale deviendraient, à leur tour, de solennels personnages, gorgés et d'honneurs et de places, lui fit lever le cœur.

S'empiffrer de la charcuterie chez soi et boire de l'eau, tout, excepté de dîner ici, se dit-il.

— Prenez-vous du café ? demanda M. Martinet d'un ton aimable.

— Non, merci, j'étouffe, je vais respirer un peu. Mais M. Martinet n'était pas disposé à le quitter. Il le rejoignit sur le palier et lui saisit le bras.

— Où me menez-vous ? dit Folantin, découragé.

— Voyons, mon cher camarade, répondit M. Martinet, j'ai compris que ma table d'hôte ne vous plaisait guère...

— Mais si... mais si... pour le prix c'est même surprenant... seulement il faisait bien chaud, riposta timidement M. Folantin, qui craignait d'avoir blessé son hôte, par sa mine renfrognée et par sa fuite.

— Eh bien, nous ne nous voyons pas assez souvent pour que je veuille que vous vous sépariez de moi avec une mauvaise impression, fit M. Martinet d'un ton cordial. À propos, comment allons-nous tuer la soirée ? Si vous aimiez le théâtre, je vous proposerais d'aller à l'Opéra-Comique. — Nous avons le temps, dit-il, en examinant sa montre. On joue ce soir *Richard Cœur-de-Lion* et *Le Pré-aux-Clercs*. Hein, qu'en dites-vous ?

— Tout ce que vous voudrez. — Après tout, pensa M. Folantin, peut-être arriverai-je à me distraire, et puis comment refuser la proposition de ce brave homme, dont j'ai déjà froissé tous les enthousiasmes ? — Voulez-vous me permettre de vous offrir un cigare ? fit-il, en entrant chez un marchand de tabac.

Ils s'épuisèrent en vain pour activer la combustion de ces londrès, qui avaient un goût de chou et ne tiraient pas. — Encore un plaisir qui s'en va, se dit M. Folantin ; même en y mettant le prix, on ne peut plus se procurer maintenant un cigare propre ! Nous ferons mieux d'y renoncer, poursuivit-il en se tournant vers M. Martinet, qui aspirait de toutes ses forces sur le londrès dont la peau se crevait en fumant un peu. Du reste, nous voici arrivés ; — et il courut au guichet et rapporta deux stalles d'orchestre.

Richard commençait, dans une salle vide.

M. Folantin éprouva, pendant le premier acte, une impression étrange ; cette série de chansons pour épinettes lui rappelait le tourniquet à musique d'un marchand de vins qu'il avait quelquefois hanté. Lorsque les ouvriers mettaient en branle la manivelle, un clapotis d'airs vieillots sonnait, quelque chose de très lent et de très doux, avec de temps à autre des notes cristallines et aiguës, sautant sur le tapotement mécanique des ritournelles.

Au second acte, une autre impression lui vint. L'air « Une fièvre brûlante » évoqua en lui l'image de sa grand-mère, qui le chevrotait sur le velours d'Utrecht de sa bergère ; et il eut, pendant une seconde, dans la bouche, le goût des biscottes qu'elle lui donnait, tout enfant, lorsqu'il avait été sage.

Il finit par ne plus suivre du tout la pièce ; d'ailleurs, les chanteurs n'avaient aucune voix et ils se bornaient à avancer des bouches rondes au-dessus de la rampe, tandis que l'orchestre s'endormait, las d'épousseter la poussière de cette musique.

Puis, au troisième acte, M. Folantin ne songea plus ni au tourniquet du marchand de vins, ni à sa grand-mère, mais il eut subitement dans le nez l'odeur d'une antique boîte qu'il avait chez lui, une odeur moisie, vague, dans laquelle était resté comme un relent de cannelle. Mon Dieu ! que tout cela est donc vieux !

— Joli opéra-comique, n'est-ce pas ? fit M. Martinet, en lui lançant un coup de coude.

M. Folantin tomba de son haut. Le charme était rompu ; ils se levèrent, pendant que la toile baissait, saluée par des salves de claque.

Le Pré-aux-Clercs, qui succédait à *Richard*, atterra M. Folantin. Jadis, il s'était pâmé aux airs connus ; maintenant toutes ces romances lui semblaient troubadour et dessus-de-pendule, et les interprètes l'irritaient. Le ténor se tenait en scène comme un frotteur et il nasillait, quand par hasard il lui coulait de la bouche un filet de voix. Costumes, décors, tout était à l'avenant ; on eût sifflé dans n'importe quelle ville de l'étranger et de la province, car nulle part on n'eût supporté un chanteur aussi ridicule et des cantatrices aussi baroques. Et la salle s'était emplie pourtant, et le public applaudissait aux passages soulignés par l'implacable claque.

M. Folantin souffrait réellement. Voilà que *Le Pré-aux-Clercs,* dont il avait conservé un bon souvenir, s'effondrait aussi.

— Tout fiche le camp, se dit-il, avec un gros soupir.

Aussi, quand M. Martinet, enchanté de sa soirée, lui proposa de renouveler de temps à autre ces petites parties, d'aller ensemble, s'il le désirait, au Français, M. Folantin s'indigna et, oubliant les réserves, qu'il s'était promis d'observer, il déclara violemment qu'il ne mettrait plus les pieds dans ce théâtre.

— Mais pourquoi ? questionna M. Martinet.

— Pourquoi ? Mais d'abord, parce que s'il existait une pièce vivante et bien écrite — et je n'en connais aucune pour ma part, — je la lirais chez moi, dans un fauteuil, et ensuite parce que je n'ai pas besoin que des cabots, sans instruction pour la plupart, essaient de me traduire les pensées du Monsieur qui les a chargés de débiter sa marchandise.

— Mais enfin, dit M. Martinet, vous admettrez bien que des comédiens du Théâtre-Français...

— Eux ! s'écria M. Folantin, allons donc ! ce sont des Vatel de Palais-Royal, des sauciers, et voilà tout ! — Ils ne sont bons qu'à enduire les portions qu'on leur apporte, de l'immuable sauce blanche, s'il s'agit d'une comédie, et de l'éternelle sauce rousse, s'il s'agit d'un drame. Ils sont incapables d'inventer une troisième sauce ; d'ailleurs, la tradition ne le permettrait pas.

« Ah ! ce sont de bien vulgaires routiniers que

ces êtres-là ! Seulement, il faut leur rendre
justice, ils s'entendent à la réclame, car ils
ont emprunté aux grands magasins d'habits
l'homme décoré qui se tient bien en vue dans
les rayons et qui rehausse par sa présence le
prestige de la maison et attire la clientèle !

— Oh ! voyons, Monsieur Folantin...

— Il n'y a pas de « voyons », c'est ainsi, et, au
fond, je ne suis pas fâché de cette occasion qui
se présente de donner mon avis sur le magasin
de M. Coquelin. — Sur ce, cher Monsieur, me
voici à destination. Je suis enchanté de notre
rencontre. À bientôt, j'espère, et à l'avantage de
vous revoir.

Les conséquences de cette soirée furent salu-
taires. Au souvenir de cette fatigue, de cette
gêne, M. Folantin s'estimait content de dîner où
bon lui semblait et de demeurer, pendant toute
une soirée, dans sa chambre ; il jugea que la solitude avait du bon, que ruminer ses souvenirs et
se conter à soi-même des balivernes était encore
préférable à la compagnie des gens dont on ne
partageait ni les convictions, ni les sympathies ;
son désir de se rapprocher, de toucher le coude
d'un voisin cessa et, une fois de plus, il se répéta
cette désolante vérité : que lorsque les anciens
amis ont disparu, il faut se résoudre à n'en point
chercher d'autres, à vivre à l'écart, à s'habituer
à l'isolement.

Puis il essaya de se concentrer, de prendre de
l'intérêt aux moindres choses, d'extraire de

consolantes déductions des existences remar-
quées près de sa table; il alla dîner, pendant
quelque temps, dans un petit bouillon près de
la Croix-Rouge. Cet établissement était généralement fréquenté par des gens âgés, par de
vieilles dames qui venaient, chaque jour, à six
heures moins le quart, et la tranquillité de la
petite salle le dédommageait de la monotonie
de la nourriture. On eût dit des gens sans
famille, sans amitiés, cherchant des coins un peu
sombres pour expédier, en silence, une corvée;
et M. Folantin se trouvait plus à l'aise dans ce
monde de déshérités, de gens discrets et polis,
ayant sans doute connu des jours meilleurs et
des soirs plus remplis. Il les connaissait presque
tous de vue et il se sentait des affinités avec ces
passants, qui hésitaient à choisir un plat sur la
carte, qui émiettaient leur pain et buvaient à
peine, apportant, avec le délabrement de leur
estomac, la douloureuse lassitude des existences
traînées sans espoir et sans but.

Là, pas d'appels bruyants, pas de cris; les servantes consultaient les clients à voix basse. Mais
si aucune de ces dames, aucun de ces messieurs,
n'échangeait un propos, tous du moins se
saluaient gracieusement, en entrant et en sortant, et ils apportaient des habitudes de salon
dans cette gargote.

Je suis encore plus heureux que tout ce
monde-là, se disait M. Folantin. Eux, regrettent
peut-être des enfants, des femmes, une fortune

perdue, une vie jadis debout et maintenant par terre.

À force de plaindre les autres, il finit par se moins plaindre ; il rentrait chez lui et pensait tout de même que ses détresses étaient bien creuses et ses misères bien peu profondes. — Combien d'individus, à l'heure qu'il est, arpentent le pavé, sans gîte ; combien envieraient mon grand fauteuil, mon feu, mon paquet de tabac où je peux puiser à ma fantaisie ! et il activait les flammes de la cheminée, rôtissait ses pantoufles, confectionnait des grogs dorés et chauds. — S'il paraissait en librairie des livres réellement artistes, la vie serait, en somme, très supportable, concluait-il.

Plusieurs semaines s'écoulèrent ainsi, et son collègue de bureau déclara que M. Folantin rajeunissait. Il causait maintenant, écoutait avec une patience angélique tous les papotages, s'intéressait même aux infirmités de son copain ; puis, avec le froid qui commençait, l'appétit agissait plus régulièrement, et il attribuait cette amélioration aux vins créosotés et aux préparations de manganèse qu'il absorbait. — J'ai donc enfin expérimenté une médication moins infidèle et plus active que les autres, pensait-il. Et il la recommandait à toutes les personnes qu'il rencontrait.

Il atteignit ainsi l'hiver ; mais, aux premières neiges, sa mélancolie reparut. Le bouillon où il stationnait depuis l'automne le lassa et il recommença à brouter, au hasard, tantôt ici et tantôt là. Plusieurs fois il franchit les ponts et tenta de nouveaux restaurants ; mais, dans une bousculade, des garçons filaient, ne répondant pas aux appels ou bien ils vous lançaient votre plat sur la table et fuyaient quand on leur réclamait du pain.

La nourriture n'était pas supérieure à celle de la rive gauche et le service était arrogant et dérisoire. M. Folantin se le tint pour dit et il resta désormais dans son arrondissement, bien résolu à ne plus en démarrer.

Le manque d'appétit lui revint. Il constata une fois de plus l'inutilité des stomachiques et des stimulants, et les remèdes qu'il avait tant prônés allèrent rejoindre les autres, dans une armoire.

Que faire ? La semaine s'égouttait encore, mais c'était le dimanche qui lui pesait.

Jadis, il badaudait dans des quartiers déserts ; il se plaisait à longer les ruelles oubliées, les rues provinciales et pauvres, à surprendre, par les fenêtres des rez-de-chaussée, les mystères des petits ménages. Mais, aujourd'hui, les rues calmes et muettes étaient démolies, les passages curieux, rasés. Impossible de regarder par les portes entrouvertes des vieilles bâtisses, d'apercevoir un bout de jardinet, une margelle de puits, un coin de banc ; impossible de se dire que la vie serait moins rechignée, moins rogue, dans cette cour, de rêver à l'époque où l'on

pourrait se retirer dans ce silence à réchauffer
sa vieillesse dans de l'air plus tiède.

Tout avait disparu ; plus de feuillages de mas-
sifs, plus d'arbres, mais d'interminables casernes
s'étendant à perte de vue ; et M. Folantin subis-
sait dans ce Paris nouveau une impression de
malaise et d'angoisse.

Il était l'homme qui détestait les magasins de
luxe, qui, pour rien au monde, n'eût mis les
pieds chez un coiffeur élégant ou chez un de ces
modernes épiciers dont les montres ruissellent
de gaz ; il n'aimait que les anciennes et simples
boutiques où l'on était reçu à la bonne fran-
quette, où le marchand n'essayait pas de vous
jeter de la poudre aux yeux et de vous humilier
par sa fortune.

Aussi avait-il renoncé à se promener, le
dimanche, dans tout ce luxe de mauvais goût qui
envahissait jusqu'aux banlieues. D'ailleurs, les
flânes dans Paris ne le tonifiaient plus comme
autrefois ; il se trouvait encore plus chétif, plus
petit, plus perdu, plus seul, au milieu de ces
hautes maisons dont les vestibules sont vêtus de
marbre et dont les insolentes loges de concierge
arborent des allures de salons bourgeois.

Pourtant, une partie de son quartier demeu-
rée intacte, près du Luxembourg mutilé, était
restée pour lui bienveillante et intime : la place
Saint-Sulpice.

Parfois, il déjeunait chez un marchand de vins
dont la boutique faisait l'angle de la rue du

Vieux-Colombier et de la rue Bonaparte, et là, à
l'entresol, par la fenêtre, il plongeait sur la
place, contemplait la sortie de la messe, les
enfants descendant du parvis, des livres à la
main, un peu en avant des père et mère, toute
la foule qui s'épandait autour d'une fontaine
décorée d'évêques, assis dans des niches, et de
lions accroupis au-dessus d'une vasque.

En se penchant un peu sur la balustrade, il
apercevait le coin de la rue Saint-Sulpice, un terrible coin, balayé par le vent de la rue Férou et
occupé, lui aussi, par un marchand de vins qui
possédait la clientèle assoiffée des chantres. Et
cette partie de la place l'intéressait, avec sa vue
de gens vacillant sur leurs pieds, la main au
chapeau, sous la tourmente, près des grands
omnibus de la Villette, dont les larges caisses
rouge-brun s'alignent, au ras du trottoir, devant
l'église.

La place s'animait, mais sans gaieté et sans fracas; les fiacres dormaient à la station, devant un
cabinet à cinq centimes et un trinckhall; les
énormes omnibus jaunes des Batignolles sillon-
naient, en ballottant, les rues, croisés par le petit
omnibus vert du Panthéon et par la pâle voiture
à deux chevaux d'Auteuil; à midi, les séminaristes défilaient, deux à deux, les yeux baissés,
avec un pas mécanique d'automates, se déroul-
ant de Saint-Sulpice au séminaire, en une
longue bande noire et blanche.

Sous un coup de soleil, la place devenait char-

mante : les tours inégales de l'église blondis-
saient ; l'or des annonces pétillait tout le long
des débits de chasubles et de saints ciboires, le
vaste tableau d'un déménageur avivait ses couleurs qui éclataient plus crues, et, sur l'armure
d'un urinoir, une réclame de teinturier : deux
chapeaux écarlates, jaillissant sur un fond noir,
évoquaient, dans ce quartier de bedeaux et
de dévotes, les fastes d'une religion, les hautes
dignités d'un sacerdoce.

Seulement, ce spectacle n'offrait à M. Folantin aucun imprévu. Combien de fois, dans sa
jeunesse, avait-il piétiné sur cette place, afin de
regarder le vieux sanglier que possédait autrefois la maison Bailly ; combien de fois, le soir,
avait-il écouté la complainte d'un chanteur en
plein vent, près de la fontaine ; combien de fois
avait-il flâné, les jours de marché aux fleurs, près
du séminaire ?

Depuis longtemps déjà, il avait épuisé le
charme de ce lieu tranquille ; pour le savourer à
nouveau, il fallait maintenant qu'il espaçât ses
visites, qu'il ne le parcourût qu'à de rares inter-
valles.

Aussi, la place Saint-Sulpice ne lui était-elle
plus d'aucun secours le dimanche et il préférait
les autres jours de la semaine, car, allant à son
bureau, il était moins désœuvré ; ah ! décidément, le dimanche devenait interminable ! Ce
matin-là, il déjeunait un peu plus tard que de
coutume et il s'éternisait à table, pour laisser au

portier le temps de nettoyer la chambre, et jamais elle n'était rangée quand il revenait : il butait contre les tapis en rouleaux, et il avançait dans le nuage soulevé par les balais. Une, deux, le pipelet retapait les draps, étendait les tapis et il partait sous prétexte qu'il ne voulait pas déranger Monsieur.

M. Folantin récoltait de la poussière sur tous les meubles avec ses doigts, rangeait ses habits entassés sur un fauteuil, envoyait çà et là un coup de plumeau et remettait de la cendre dans son crachoir ; ensuite, il comptait le linge que rapportait parfois la blanchisseuse ; un tel dégoût l'assaillait à la vue de la charpie de ses chemises, qu'il les fichait, sans plus les examiner, dans un tiroir.

La journée s'égrappait encore facilement jusqu'à quatre heures. Il relisait de vieilles lettres de parents et d'amis depuis longtemps morts ; il feuilletait quelques-uns de ses livres, en dégustait quelques passages, mais vers les cinq heures, il commençait à souffrir ; le moment approchait où il allait falloir se rhabiller ; l'idée seule de déguerpir lui réprimait la faim, et, certains dimanches, il ne bougeait pas — ou bien s'il appréhendait un tardif appétit, il descendait en pantoufles et il acquérait deux petits pains, un pâté ou des sardines. Il avait toujours un peu de chocolat et de vin dans un placard et il mangeait, heureux d'être chez lui, de jouer des coudes, de s'étaler, d'éviter, pour une fois, la

place restreinte d'un restaurant ; seulement, la
nuit était mauvaise ; il se réveillait, en sursaut,
avec des tiraillements et des frissons ; quelquefois l'insomnie durait une heure, et l'obscurité
animant toutes les idées tristes, il se rabâchait les
mêmes plaintes que dans le jour et il en arrivait
à regretter de n'être pas un concubin. Le
mariage est impossible, à mon âge, se disait-il. —
Ah ! si j'avais eu, dans ma jeunesse une maîtresse
et si je l'avais conservée, je finirais mes années
avec elle, j'aurais, à mon retour, ma lampe allu-
mée et ma cuisine prête. Si la vie était à recommencer je la mènerais autrement ! je me ferais
une alliée pour mes vieux jours ; décidément,
j'ai trop présumé de mes forces, je suis à bout.
— Et, le matin venu, il se levait les jambes bri-
sées, la tête étourdie et molle.

Le moment était du reste pénible ; l'hiver
sévissait et le froid de la bise rendait enviable le
chez-soi et odieux le séjour des traiteurs dont on
ouvre constamment les portes. Tout à coup, un
grand espoir bouleversa M. Folantin. Un matin,
dans la rue de Grenelle, il avisa une nouvelle
pâtisserie qui s'installait. Cette inscription flam-
bait en lettres de cuivre, sur les carreaux :
« Dîners pour la ville ».

M. Folantin eut un éblouissement. Est-ce que
ce rêve si longtemps caressé de se faire monter
à dîner chez soi allait pouvoir enfin se réaliser ?
— Mais il resta découragé, se rappelant ses
inutiles chasses dans le quartier, à la recherche

d'un établissement qui consentît à porter au-
dehors de la nourriture.

Ça ne coûte rien de demander, se dit-il enfin,
et il entra.

— Mais certainement, Monsieur, lui répondit
une jeune dame enfouie dans un comptoir et
dont le buste était entouré de saint-honorés et
de tartes. Rien n'est plus facile, puisque vous
logez à deux pas. Et à quelle heure désirez-vous
qu'on vienne ?

— À six heures, fit M. Folantin, tout palpi-
tant.

— Parfaitement.

Le front de M. Folantin s'assombrit.

— Maintenant, reprit-il, en bredouillant un
peu, voilà, je voudrais un potage, un plat de
viande et un légume, quel serait le prix ?

La dame parut s'absorber dans des réflexions,
murmurant, les yeux au ciel... potage... viande...
légume. — Vous ne prenez pas de vin ?

— Non, j'en ai chez moi.

— Eh bien, Monsieur, dans ces conditions-là,
ce serait deux francs.

La figure de M. Folantin s'éclaira. — Soit, dit-
il, c'est convenu ; et quand pourrons-nous com-
mencer ?

— Mais quand il vous plaira, ce soir, si vous
voulez.

— Ce soir même, Madame. — Et il s'inclina
et fut salué par une courbette si profonde, dans

le comptoir, que le nez de la dame faillit creuser les saint-honorés et percer les tartes.

Dans la rue, M. Folantin s'arrêta, après quelques pas. Ça y est ! en voilà une chance, se dit-il ; puis, sa joie se modéra. Pourvu que cette boustifaille ne soit que médiocre. Baste ! j'ai subi, dans ma pauvre vie, tant d'exécrables plats que je n'ai pas le droit de me montrer difficile. — Elle est gentille, cette dame, reprit-il ; ce n'est pas qu'elle soit jolie, mais elle a des yeux bien expressifs ; pourvu qu'elle fasse de bonnes affaires ! Et, tout en reprenant sa trotte, il souhaita la prospérité de la pâtissière.

Ensuite, il s'ingénia à parer au désordre du premier soir ; il commanda chez un épicier six litres de vin, puis, quand il fut arrivé à son bureau, il établit une petite liste des denrées qu'il achèterait :

Confitures ;

Fromage ;

Biscuits ;

Sel ;

Poivre ;

Moutarde ;

Vinaigre ;

Huile.

Je ferai monter, tous les jours, le pain par mon concierge ; ah ! sapristi, si ça peut réussir, je suis sauvé !

Il aspira après la fin de la journée ; sa hâte à

jouir de son contentement, tout seul, retardait
encore la marche des heures.

Il consultait de temps à autre sa montre.

Son collègue, qu'avait déjà stupéfié l'air exta-
tique de M. Folantin rêvant à son intérieur, sourit.

— Avouez qu'elle vous attend, dit-il.

— Qui ça, elle ? interrogea M. Folantin très
étonné.

— Allons, c'est bon, vous voulez apprendre à
un vieux singe à faire des grimaces. Voyons,
blague à part, elle est blonde ou brune ?

— Oh ! mon ami, répliqua M. Folantin, je
puis vous assurer que j'ai vraiment autre chose
à penser qu'aux femmes.

— Oui, oui... je sais bien, ça se dit. Ah ! ah !
farceur, vous êtes encore un chaud de la pince,
vous !

— Tenez, messieurs, copiez cela, tout de
suite ; il me faut ces deux lettres pour la signa-
ture de ce soir ; — et le chef entra et disparut.

— C'est absurde, il y a quatre pages serrées,
grogna M. Folantin ; je n'aurai pas fini avant
cinq heures. — Mon Dieu, que c'est donc bête !
reprit-il, s'adressant à son collègue qui ricanait,
tout en murmurant : dame ! mon cher, l'administration ne peut pourtant pas s'occuper de ces
détails.

Tant bien que mal, tout en maugréant, il ter-
mina sa tâche, puis il retourna chez lui par la
voie la plus courte, les bras chargés de paquets,

les poches bourrées de sacs ; il respira, une fois
enfermé, mit ses chaussons, donna un coup de
serviette au peu de vaisselle qu'il possédait,
essuya ses verres et, ne trouvant ni planchette ni
grès pour récurer les lames de ses couteaux, il
les plongea dans la terre d'un vieux pot de fleur
et parvint à les faire un peu reluire.

— Ouf ! dit-il en approchant la table du feu,
je suis prêt ; six heures tintèrent.

M. Folantin attendait le mitron avec impatience, et il avait un peu en lui de cette fièvre
qui l'empêchait, dans sa jeunesse, de tenir en
place, quand un ami s'attardait, inexact au rendez-vous.

Enfin à six heures un quart, la sonnerie
carillonna et un galopin s'avança entraîné, le
nez en avant, par le poids d'une grande boîte en
fer-blanc, de la forme d'un seau ; M. Folantin
aida à distribuer sur la table les assiettes, qu'il
découvrit lorsqu'il fut seul. Il y avait un bouillon
au tapioca, un veau braisé, un chou-fleur à la
sauce blanche.

Mais ce n'est pas mauvais, se dit-il en goûtant
à chacun de ces plats, et il se gava de bon appétit, but un peu plus que de coutume, puis il
tomba dans une douce rêverie, en contemplant
sa chambre.

Depuis des années, il manifestait l'intention
de la décorer, mais il se répétait : Baste ! à quoi
bon ? je ne vis pas chez moi ; si plus tard je puis
m'arranger une autre existence, j'organiserai

mon intérieur. Mais tout en n'achetant rien, il avait déjà jeté son dévolu sur bien des bibelots qu'il reluquait, en rôdant sur les quais et dans la rue de Rennes.

L'idée d'habiller les murs glacés de sa chambre s'implanta tout à coup en lui, tandis qu'il lampait un dernier verre. Son indécision cessait ; il était déterminé à dépenser les quelques sous qu'il entassait depuis des années dans ce but, et il eut une soirée charmante, réglant d'avance la toilette de son réduit. Je me lèverai demain, de bonne heure, conclut-il, et j'irai tout d'abord faire un tour chez les marchands de nouveautés et les bric-à-brac.

Son désœuvrement prenait fin ; un nouvel intérêt se glissait en lui ; la préoccupation de découvrir, sans trop dépenser d'argent, quelques gravures, quelques faïences, le soutenait et, après son bureau, il déployait une hâte fébrile, escaladait les étages du Bon Marché et du Petit Saint-Thomas, remuant des masses d'étoffes, les trouvant trop foncées ou trop claires, trop étroites ou trop larges, refusant les rebuts et les soldes que les calicots s'efforçaient de tarir, les obligeant à exhiber des marchandises qu'ils réservaient. À force de les tanner, de les tenir en haleine, pendant des heures, il finit par se faire montrer des rideaux tout faits et des tapis qui le séduisirent.

Après ces emplettes et après de féroces discussions chez les débitants de bibelots et d'es-

tampes, il demeura sans le sou; toutes ses
économies étaient épuisées; mais, comme un
enfant à qui l'on vient d'offrir de nouveaux
jouets, M. Folantin examinait, remuait ses achats
dans tous les sens. Il grimpait sur les chaises
pour attacher les cadres et il disposait ses livres
en un autre ordre. L'on est bien chez soi, se
disait-il; et, en effet, sa chambre n'était plus
reconnaissable. Au lieu de murailles aux papiers
éraillés par d'anciennes traces de clous, les cloi-
sons disparaissaient sous les gravures d'Ostade,
de Teniers, de tous les peintres de la vie réelle
dont il raffolait. Un amateur eût certainement haussé les épaules devant ces estampes
sans aucune marge, mais M. Folantin n'était ni
connaisseur, ni riche; il acquérait surtout les
sujets de la vie humble qui lui plaisaient, et il se
moquait d'ailleurs de l'authenticité de ses vieux
plats, pourvu que les couleurs en fussent actives
et propres à égayer ses murs.

Il aurait fallu changer aussi mes meubles
d'acajou, se dit-il, considérant son lit à bateau,
ses deux voltaires au damas roussi, sa toilette au
marbre fendu, sa table au plaqué rougeâtre,
mais ce serait trop cher, et du reste les rideaux
et les tapis rajeunissent suffisamment ce mobi-
lier qui, de même que mes vieux vêtements, est
fait à mes mouvements et à mes habitudes.

Aussi quel empressement à rentrer maintenant chez lui, à éclairer tout, à s'enfoncer dans
son fauteuil! Le froid lui semblait parqué au-

dehors, repoussé par cette intimité de petit coin choyé, et la neige qui tombait, qui assoupissait tous les bruits de la rue, ajoutait encore à son bien-être ; dans le silence du soir, le dîner, les pieds devant le feu, tandis que les assiettes chauffaient devant la grille, près du vin dégourdi, était charmant, et les ennuis du bureau, la tristesse du célibat s'envolaient dans cette pacifiante quiétude.

Sans doute, huit jours ne s'étaient pas écoulés et déjà le pâtissier se relâchait. L'invariable tapioca était plein de grumeaux et le bouillon était fabriqué par des procédés chimiques ; la sauce des viandes puait l'aigre madère des restaurants ; tous les mets avaient un goût à part, un goût indéfinissable, tenant de la colle de pâte un peu piquée, et du vinaigre éventé et chaud. M. Folantin poivra vigoureusement sa viande et sinapisa ses sauces ; baste ! ça s'avale tout de même, disait-il ; le tout, c'est de se faire à cette mangeaille !

Mais la mauvaise qualité des plats ne devait pas rester stationnaire et, peu à peu, elle s'accéléra, encore aggravée par les constants retards du petit mitron. Il arrivait à sept heures, couvert de neige, son réchaud éteint, des pochons sur les yeux et des égratignures tout le long des joues. M. Folantin ne pouvait douter que ce garçon déposât sa boîte auprès d'une borne et se flanquât une pile en règle avec les gamins de son âge. Il lui en fit doucement l'observation ; l'autre pleurnicha, jura, en étendant le bras et en crachant par terre, un pied en avant, qu'il n'en était rien et continua de plus belle ; et M. Folantin se tut, pris de pitié, n'osant se plaindre à la pâtissière, de peur de nuire à l'avenir du gosse.

Pendant un mois encore, il supporta vaillamment tous ces déboires ; et pourtant le cœur lui défaillait quand il devait ramasser sa viande tombée dans le fer-blanc, car il y avait des jours où une tempête semblait s'être abattue dans la boîte, où tout était sens dessus dessous, où la sauce blanche se mêlait au tapioca, dans lequel s'enlisaient des braises.

Il eut heureusement un temps de répit : le petit pâtissier avait été congédié, sur les plaintes sans doute de personnes moins indulgentes. Son successeur fut un long dadais, une sorte de jocrisse au teint blême et aux grandes mains rouges. Celui-là était exact, arrivait à six heures précises, mais sa saleté était répugnante ; il était vêtu de torchons de cuisine roides de graisse et de crasse, ses joues étaient barbouillées de farine et de suie et son nez mal mouché coulait en deux vertes rigoles tout le long de la bouche.

M. Folantin para énergiquement ce nouveau coup ; il renonça aux sauces, aux assiettes maculées, il transféra sa viande sur une assiette à lui, la racla, la nettoya et la mangea avec du sel.

En dépit de sa résignation, le moment vint où certains plats lui donnèrent des nausées, il tâtait maintenant de tous les godiveaux ratés, de toutes les pâtisseries brûlées ou gâtées par les cendres ; il pêchait de vieilles boulettes de tourtes dans tous les plats ; enhardi par sa bienveillance, le pâtissier mettait de côté toute pudeur, toute vergogne et lui dépêchait tous les résidus de sa cuisine.

L'empoisonneuse ! murmurait M. Folantin, devant la boutique de la pâtissière, qu'il ne jugeait plus si gentille, et il regardait de côté, ne souhaitant plus du tout, à l'heure présente, la prospérité de ses affaires.

Il eut recours aux œufs durs. Il en achetait chaque jour, redoutant, pour le soir, un dîner impossible. Et quotidiennement il se bourra de salades ; mais les œufs putridaient, la fruitière lui vendant, en sa qualité d'homme qui ne s'y connaissait pas, les œufs les plus avariés de sa boutique.

Tâchons d'atteindre le printemps, se disait M. Folantin pour se remonter ; mais, de semaines de semaines, son énergie se désarmait, en même temps que son corps, déplorablement nourri, criait famine. Sa gaieté s'effondra ; son intérieur se rembrunit ; le cortège des anciennes détresses cerna de nouveau son existence désœuvrée. — Si j'avais une passion quelconque ; si j'aimais les femmes, le bureau, si j'aimais le café, le domino, les cartes, je pourrais bouffer au-dehors, ruminait-il, car je ne resterais jamais chez moi. Mais hélas ! rien ne me divertit, rien ne m'intéresse ; et puis mon estomac se détraque ! Ah ! ce n'est pas pour dire, mais les gens qui ont dans leur poche de quoi s'alimenter et qui ne peuvent cependant manger, faute d'appétit, sont tout aussi à plaindre que les malheureux qui n'ont pas le sou pour apaiser leur faim !

IV

Un soir qu'il chipotait des œufs qui sentaient la vesse, le concierge lui présenta une lettre de faire-part ainsi conçue :

M.

Les religieuses de la Compagnie de Sainte-Agathe vous supplient très humblement de recommander à Dieu dans vos prières et au Saint Sacrifice de la Messe, l'âme de leur chère sœur Ursule-Aurélie Bougeard, religieuse de chœur, décédée, le 7 septembre 1880, dans la soixante-deuxième année de son âge et la trente-cinquième de sa profession religieuse, munie des Sacrements de Notre Sainte Mère l'Église.

De profundis !
Doux cœur de Marie,
soyez mon salut.
(300 jours d'ind.)

C'était une cousine à lui qu'il avait autrefois aperçue, dans son enfance ; jamais, depuis vingt ans, il n'avait songé à elle et la mort de cette femme lui porta cependant un grand coup ; elle était sa dernière parente et il se crut encore plus esseulé depuis qu'elle était décédée, dans le fond d'une province. Il envia sa vie calme et muette et il regretta la foi qu'il avait perdue. Quelle occupation que la prière, quel passe-temps que la confession, quels débouchés que les pratiques d'un culte ! Le soir, on va à l'église, on s'abîme dans la contemplation, et les misères de la vie sont de peu ; puis les dimanches s'égouttent dans la longueur des offices, dans l'alanguissement des cantiques et des vêpres, car le spleen n'a pas de prise sur les âmes pieuses.

Oui, mais pourquoi la religion consolatrice n'est-elle faite que pour les pauvres d'esprit ? Pourquoi l'Église a-t-elle voulu ériger en dogmes les croyances les plus absurdes ? Il est vrai que si l'on avait la foi... oui, mais je ne l'ai plus ; enfin, l'intolérance du clergé le révoltait. Et pourtant, reprenait-il, la religion pourrait seule panser la plaie qui me tire. — C'est égal, on a tort de démontrer aux fidèles l'inanité de leurs adora-tions, car ceux-là sont heureux qui acceptent comme une épreuve passagère toutes les tra-verses, toutes les afflictions de la vie présente. Ah ! la tante Ursule a dû mourir sans regrets, persuadée que les allégresses infinies allaient éclore !

Il pensa à elle, tâcha de se rappeler ses traits, mais sa mémoire n'en avait gardé aucune trace ; alors, pour se rapprocher un peu d'elle, pour s'immiscer un peu dans l'existence qu'elle avait menée, il relut le mystérieux et pénétrant chapitre des *Misérables*, sur le couvent du Petit-Picpus.

Pristi ! c'est payer cher l'improbable bonheur d'une vie future, se dit-il. Le couvent lui apparut comme une maison de force, comme un lieu de désolation et de terreur. Ah bien, pas de ça ! je ne jalouse plus le sort de la tante Ursule ; mais c'est égal, les malheurs de l'un ne consolent pas les malheurs de l'autre et, en attendant, la boustifaille du pâtissier devient inabordable.

Deux jours après, il reçut, en plein crâne, une nouvelle douche.

Pour faire diversion aux dîners composés de salades et de desserts, il retourna dans un restaurant ; il n'y avait personne, mais le service était lent et le vin fleurait la benzine.

— Enfin, l'on n'est pas foulé, c'est déjà quelque chose, se dit, en guise de consolation, M. Folantin.

La porte s'ouvrit, un soufflet lui éventa le dos ; il entendit un grand frou-frou de jupes et sa table se couvrit d'ombre. Une femme était devant lui, qui dérangeait la chaise sur les barreaux de laquelle il appuyait ses pieds. Elle s'assit, et posa sa voilette et ses gants près de son verre.

— Que le diable l'emporte, grommela-t-il, elle n'a que l'embarras du choix, toutes les tables sont vides ; et elle vient, juste, s'installer à la mienne !

Machinalement, il leva les yeux, qu'il tenait baissés sur son assiette, et il ne put s'empêcher d'inspecter sa voisine. Elle avait une figure de petit singe, une margoulette fripée, avec une bouche un peu grande marchant sous un nez retroussé, et de toutes petites moustaches noires au bout des lèvres ; malgré ses airs folichons, elle lui sembla cependant polie et réservée.

Elle lui dardait de temps à autre un coup d'œil et, d'une voix très douce, le priait de lui passer la carafe ou le pain. En dépit de sa timidité, M. Folantin dut répondre à quelques questions qu'elle lui lança ; peu à peu la conversation s'était engagée, et au dessert, ils déploraient, ne sachant trop quoi dire, l'aigre bise qui sifflait au-dehors, en leur glaçant les jambes.

— C'est des temps où il ferait bon de ne pas coucher seul, fit la femme d'un ton rêveur.

Cette réflexion abasourdit M. Folantin, qui ne crut pas devoir répondre.

— N'est-ce pas, Monsieur, reprit-elle ?

— Mon Dieu !... Mademoiselle... et, comme un poltron, qui jette ses armes, pour ne pas engager une lutte avec son adversaire, M. Folantin avoua sa continence, son peu de besoins, son désir de tranquillité charnelle.

— Avec ça ! dit-elle, en le regardant bien dans les yeux.

Il se troubla, d'autant que le corsage qu'elle

avançait exhalait un arôme de new-mown-hay et d'ambre.

— Je n'ai plus vingt ans, et, ma foi, je n'ai plus de prétentions — si j'en ai jamais eu ; — ce n'est plus de mon âge. Et il désigna sa tête chauve, son teint plombé, ses vêtements qui n'appartenaient plus à aucune mode.

— Laissez donc, vous voulez rire, vous vous faites plus vieux que vous n'êtes ; et elle avait ajouté qu'elle n'aimait pas les jeunes gens, qu'elle préférait les hommes mûrs, parce que ceux-là savent se conduire avec une femme.

— Sans doute... sans doute, balbutia M. Folantin, qui demanda l'addition ; la femme ne tira pas son porte-monnaie, et il comprit qu'il fallait s'exécuter. Il solda au garçon railleur le prix des deux dîners et il s'apprêtait à saluer la femme, sur le seuil de la porte, lorsqu'elle lui prit tranquillement le bras.

— Tu m'emmènes, dis, monsieur ?

Il chercha des échappatoires, des excuses pour éviter ce mauvais pas, mais il s'embrouillait, il faiblissait sous les yeux de cette femme dont la parfumerie lui serrait les tempes.

— Je ne puis, finit-il par répondre, on n'amène pas de femmes dans ma maison.

— Alors, venez chez moi ; — et elle se pressa contre lui, jacassa et allégua qu'elle avait un bon feu dans sa chambre. — Puis, voyant la morne attitude de M. Folantin, elle soupira :

— Alors je ne vous plais pas ?

— Mais si, Madame... mais si... seulement
on peut trouver une femme charmante et ne
point...

Elle se mit à rire. — Est-il drôle ! dit-elle, et
elle l'embrassa.

M. Folantin eut honte de ce baiser en pleine
rue ; il eut la perception du grotesque qui déga-
geait un vieil homme boiteux choyé publi-
quement par une fille. Il allongea les jambes,
voulant se soustraire à ces caresses et craignant
en même temps, s'il essayait de fuir, une scène
ridicule qui ameuterait le monde.

— C'est ici, dit-elle, et elle le poussa légère-
ment, marchant derrière lui, lui barrant la
retraite. Il monta jusqu'à un troisième et,
contrairement aux affirmations de cette femme,
il ne vit aucun feu allumé chez elle.

Il regarda, très penaud, la chambre dont les
murs semblaient trembler, à la lueur vacillante
d'une bougie ; une chambre aux meubles couverts de laine bleue et au divan tapissé d'algé-
rienne. Une bottine crottée traînait sous une
chaise et une pincette de cuisine lui faisait vis-à-
vis sous une table ; çà et là, des réclames de
marchands de semoule, de chastes chromos
représentant des babys barbouillés de soupe
étaient piquées sur le mur par des épingles ; le
pied d'un gueux apparaissait sous la trappe mal
baissée de la cheminée sur le faux marbre de
laquelle s'étalaient, près d'un réveil-matin et
d'un verre où l'on avait bu, de la pommade dans

une carte à jouer, du tabac et des cheveux dans un journal.

— Mets-toi donc à ton aise, fit la femme, et malgré son refus de se dévêtir, elle saisit les manches de son pardessus et s'empara de son chapeau.

— J. F., je parie que tu t'appelles Jules, dit-elle en regardant les lettres de la coiffe.

Il confessa se nommer Jean.

— C'est pas un vilain nom ; dis donc !... et elle le força à s'asseoir sur un canapé et sauta sur ses genoux.

— Dis donc, chéri, qu'est-ce que tu vas me donner pour mes petits gants ?

M. Folantin sortit péniblement une pièce de cent sous de sa poche et elle la fit prestement disparaître.

— Voyons, tu peux bien m'en donner une autre, je me déshabillerai, tu verras, comme je serai gentille.

M. Folantin céda, tout en déclarant qu'il préférait qu'elle ne fût pas nue, et alors elle l'embrassa si habilement qu'une bouffée de jeunesse lui revint, qu'il oublia ses résolutions et perdit la tête ; puis à un moment, comme il tardait, tout en s'empressant, — Ne t'occupe pas de moi... dit-elle, ne t'occupe pas de moi... fais ton affaire.
. . . .

M. Folantin descendit de chez cette fille, profondément écœuré et, tout en s'acheminant vers son domicile, il embrassa d'un coup d'œil l'horizon désolé de la vie ; il comprit l'inutilité des changements de routes, la stérilité des élans et des efforts ; il faut se laisser aller à vau-l'eau ; Schopenhauer a raison, se dit-il, « la vie de l'homme oscille comme un pendule entre la douleur et l'ennui ». Aussi n'est-ce point la peine de tenter d'accélérer ou de retarder la marche du balancier ; il n'y a qu'à se croiser les bras et à tâcher de dormir ; mal m'en a pris d'avoir voulu renouveler les actes du temps passé, d'avoir voulu aller au théâtre, fumer un bon cigare, avaler des fortifiants et visiter une femme ; mal m'en a pris de quitter un mauvais restaurant pour en parcourir de non moins mauvais, et tout cela pour échouer dans les sales vol-au-vent d'un pâtissier !

Tout en raisonnant de la sorte, il était arrivé devant sa maison. Tiens, je n'ai pas d'allumettes, se dit-il, en fouillant ses poches, dans l'escalier ; il pénétra dans sa chambre, un souffle froid lui glaça la face et, tout en s'avançant dans le noir, il soupira : le plus simple est encore de rentrer à la vieille gargote, de retourner demain à l'affreux bercail. Allons, décidément, le mieux n'existe pas pour les gens sans le sou ; seul, le pire arrive.

COLLECTION FOLIO 2 €

Composition Bussière.
Impression Novoprint,
à Barcelone, le 20 septembre 2021.
Dépôt légal : septembre 2021.
1ᵉʳ dépôt légal dans la collection : avril 2007

ISBN 978-2-07-034565-6./Imprimé en Espagne.